CHURROS MIT SCHOKOLADE

Vieles, was auf den folgenden Seiten erzählt wird, ist auf die eine oder andere Art wirklich so ähnlich passiert.

Trotzdem sind natürlich alle Namen, Personen und Handlungen frei erfunden. Ähnlichkeiten mit lebenden oder verstorbenen Personen sind rein zufällig und nicht beabsichtigt.

Besonders bedanken möchte ich mich bei meiner Frau Meike, die mich nach einer kurzen Leseprobe zur Fertigstellung dieses Buches motiviert und die Churros für das Titelbild gemacht hat.

Und bei meinen Eltern Ramona und Erich, die mir durch ihre Unterstützung überhaupt erst so ein spannendes Leben ermöglicht haben.

René Levens

CHURROS MIT SCHOKOLADE

…zweimal Spanien und zurück

Bibliografische Information der Deutschen Nationalbibliothek:
Die Deutsche Nationalbibliothek verzeichnet diese
Publikation in der Deutschen Nationalbibliografie;
detaillierte bibliografische Daten sind im Internet
über http://dnb.dnb.de abrufbar.

© 2015 René Levens

Herstellung und Verlag:
BoD – Books on Demand, Norderstedt

ISBN: 978-3-7347-8067-7

HAMBURG

1

Da stand sie also vor mir. Mit ihren langen blonden Zöpfen unter dem Wikinger-Helm aus silbernem Plastik. Motto Partys waren in Mode und ich war hier auf einer Wikinger Party.

Ich war hier nicht ganz freiwillig, aber was tut man nicht alles, um ein guter Mitarbeiter zu sein. Da gehörte die Anwesenheit bei der jährlichen Betriebsfeier im Sommer einfach dazu. Und ein guter Mitarbeiter wollte ich schließlich immer sein, wenn schon beim Chef und den Kollegen auffallen, dann positiv.

Ich, dass war in diesem Fall Jan Stocker. Anfang dreißig, groß, blond und sportlich.

Diejenigen, die mich kannten, würden diese Beschreibung wahrscheinlich wie folgt ergänzen: Eher schmächtig, kleiner Bauchansatz, emotional ein hoffnungsloser Fall. Aber ich fand, man sollte bei bestimmten Sachen nicht zu sehr auf andere hören. Besonders wenn es sich um Ex-Freundinnen oder Kumpels in Bierlaune handelte.

Die Frau vor mir hieß Maite. Maite ist die Kurzform für Maria Theresia. Wie sie mir erklärte war das mit den zweiteiligen Namen eine typische Sache für Spanien. Der erste Teil war in der Regel Maria und der Zweite dann etwas anderes. Sonst würden ja auch alle gleich heißen. Weil das ständige Benutzen dieser Doppel-Vornamen im echten Leben kompliziert war, gab es zu fast jeder dieser Kombinationen eine Kurzform. Maria del Mar wurde zu Marimar, Maria de la Luz zu Mariluz und so weiter.

Nun, ich hatte es hier mit der entzückenden Maite zu tun. Irgendwie sah sie noch niedlicher als sonst aus, wie sie da so auf unserer Betriebsfeier etwas verlegen rumstand. Und das lag wahrscheinlich an den offensichtlichen Kontrasten. Zu ihrem südländischen Äußeren mit der braunen Haut, den dunklen Augen und besonders den darüber stehenden dunklen Augenbrauen passten die künstlichen blonden Zöpfe eigentlich so gar nicht. Aber wie sie so da stand und lächelte, konnte sie einen nur verzaubern.

Wir hatten uns schon vorher das eine oder andere Mal auf dem Flur gesehen, aber über ein verschmitztes Lächeln gingen unsere Zusammentreffen bisher nicht hinaus. Das mag auch an den Sprachproblemen gelegen haben.

Spanisch konnte ich gar nicht und Englisch nur sehr gebrochen. Und Maite war erst seit einigen Wochen im Rahmen eines Auslandspraktikums bei uns in der Firma. Somit war ihr Deutsch noch nicht wirklich vorhanden und ihr Englisch leider auch nicht viel besser als meins.

Aber wofür braucht man viele Worte, wenn die Anziehungskraft stimmt. So standen wir da, lächelten uns an und stammelten ab und an einige Wortfetzen. Dieser Moment konnte nicht schöner sein.

Zugegeben, bisher waren meine Beziehungen eher von kurzer Dauer. Aber in diesem Moment wusste ich, dass sich das jetzt ändern würde. Genau jetzt. Ich war mir sicher.

Was ich nicht ahnen konnte war, wie dieser Abend mein Leben insgesamt verändern sollte.

2

Wie hatte ich das vermisst. Endlich wieder alles zu zweit machen. Und das nicht mit irgendeinem Kumpel, sondern mit der potenziellen Frau fürs Leben. Dass sie das sein würde, konnte ich nach unseren ersten zwei Tagen als Paar schon mit ziemlicher Sicherheit sagen.

Als erstes gemeinsames Erlebnis außer Haus hatte ich vorgeschlagen, mit einem Kajak die Alsterkanäle entlang zu paddeln.

„Ich wusste gar nicht, dass es in Hamburg so viele Kanäle gibt, Jan", sagte sie, als ich ihr voller Stolz die geplante Strecke auf dem zerknitterten Faltplan zeigte. Mein geliebtes Hamburg konnte halt was.

„Super, oder? Wir können sogar von der Binnenalster bis in den Stadtpark paddeln", schwärmte ich ihr vor.

Wie ein echter Kavalier hielt ich für sie das schwankende Kajak fest, damit sie sicher einsteigen konnte. Ich übernahm natürlich die hintere Position mit der ganzen Verantwortung das Boot zu lenken.

Durch das schöne Sommerwetter bedingt waren wir nicht alleine unterwegs. Ab und an mussten wir einem schnellen, schnurgerade durchs Wasser ziehenden Ruderboot Platz machen. Ansonsten war so ziemlich alles an Booten und Menschen hier unterwegs, was man sich vorstellen konnte. Von Tretbooten über Kajaks jeder Größe bis zum Drachenboot.

Einige Ausflügler besaßen offenbar eigene Boote und hatten diese teilweise individualisiert. Das fing bei der Farbwahl und der Dekoration mit bunten Fähnchen an und hörte bei kleinen Außenbordmotoren auf.

Maite zeigte sich beeindruckt von diesem regen Treiben auf dem Wasser mitten in der Stadt. Und das sollte sich noch steigern.

„Hier kann man wirklich an den Cafés anhalten? Das ist ja toll!", strahlte Maite mich an.

Elegant lenkte ich das Boot zu der Stelle, wo man gleich unsere Bestellung annehmen würde.

Oder genauer: Ich versuchte es elegant aussehen zu lassen. In Wahrheit konnte ich uns gerade noch vor einem heftigen Aufprall bewahren, indem ich ein Paddel mit aller Kraft gegen die schnell näher kommende Wand drückte.

„Du machst das auch nicht so oft, oder?", fragte

Maite. Und ich merkte, dass ein bisschen von meinem souveränen Eindruck bei ihr verspielt war.

Nach dem erfolgreichen Ablegen vom Café ging es weiter in Richtung Alster. Durch die dicht bewachsenen grünen Seiten konnte man vollständig vergessen, dass man mitten in einer Großstadt war.

Als wir gerade an einer wirklich engen Stelle des Kanals waren, hörte ich das Grauen schon von weitem kommen. Ich hatte so eine Begegnung schon einmal und bereits damals zeigte sich, dass ich nicht der beste Bootslenker bin. Nun röhrte wieder das Signalhorn eines Ausflugschiffes. Gleich würde es um die Kurve kommen und erwarten, dass wir Platz machen.

„Kein Problem, das kenne ich", vermittelte ich Maite selbstsicher. „Ich fahre uns kurz an die Seite."

Meine nun folgenden hektischen Bewegungen konnte man entweder als sehr schnelles und geschicktes Handeln erkennen. Oder ein böser Mensch könnte einen Anflug von Panik und Unbeholfenheit hinein interpretieren. Aber Maite wäre sicherlich kein böser Mensch.

„Vorsicht mit dem Ast!", hörte ich von vorne.

Ich konnte ihre Sorge verstehen, schließlich lenkte ich uns gerade schnurstracks mitten in die Büsche und sie saß vorne und würde es als Erste abkriegen.

„Alles in Ordnung, ich habe das im Griff", rief ich leicht überfordert. Dabei versuchte ich mich ein wenig aufzurichten und nach einem Busch zu greifen, um zu bremsen.

Das konnte natürlich nicht klappen. Halb stehend hatte ich zwar jetzt einen Ast in der Hand, aber das Boot glitt trotzdem weiter. Platsch, da hing ich im Wasser.

Zum Glück sind die Alsterkanäle nun wirklich nicht tief, aber dafür leider sehr schlammig. So stand ich jetzt tropfend und halb im Schlamm versunken da und versuchte, meine ebenfalls nassen Wertsachen aus meinen Taschen zu retten.

Maite hatte das Manöver irgendwie unbeschadet überstanden und steuerte das Boot nun souverän neben mich.

„Das ist ja gar nicht so schwer zu lenken", freute sie sich und winkte dabei den Touristen im vorbeifahrenden Ausflugschiff zu.

Nach diesem Tag empfand sie mich wahrscheinlich nicht mehr ganz so als einen Mann, der alles jederzeit unter Kontrolle hat, wie ich es mir gewünscht hätte.

Dafür hatte ich in den Kategorien Humor und Unterhaltungswert bestimmt eine Menge Punkte dazu gewonnen. So gesehen war das also mit Blick auf unsere Beziehung ein absolut erfolgreicher Tag. Schließlich wollte ich immer eine Frau mit Humor und nicht eine, die auf harte Männer steht.

3

Mit unseren Wohnungen hatten wir Glück.

Wir wohnten beide in verschiedenen Wohngemeinschaften mit jeweils zwei anderen Mitbewohnern, aber beide WGs waren im selben Stadtteil. Das
machte das tägliche Treffen natürlich viel einfacher,
als wenn wir durch die ganze Stadt fahren müssten,
wie es bei meiner letzten Beziehung der Fall war.

Vielleicht hatte die letzte Beziehung deshalb
auch nicht so lange gehalten.

Dass wir beide in Winterhude wohnten hatte zudem den Vorteil, sowohl den Stadtpark als auch die
Alster direkt vor der Haustür zu haben. Damit waren
wir mitten im Großstadtleben, hatten aber gleichzeitig auch den vollen Erholungswert von Wasser und
Natur direkt vor der Nase.

Unsere Mitbewohner mussten sich daran gewöhnen, dass jetzt immer eine Person mehr den engen
Raum der WGs in Anspruch nahm. Das wurde aber
toleriert, weil Maite und ich von den jeweiligen Mitbewohnern des Anderen als nett und unkompliziert
empfunden wurden. Zudem bemühten wir uns, unsere Anwesenheit in den beiden Wohnungen ungefähr
gleich zu verteilen.

Meine WG bestand aus dem ziemlich aufgeweckten Fred und dem eher gemütlichen Ulf. Heute war gemeinsames Kochen bei uns angesagt. Das war in der Regel nicht so anspruchsvoll wie in Maites WG, was wahrscheinlich an den fehlenden weiblichen Einflüssen lag.

„Ist das wirklich immer noch alles, was ihr an Küchenausstattung habt?", fragte Maite mit einem kritischen Blick auf unseren einzigen Topf und die danebenstehende Pfanne.

„Wofür braucht man denn noch mehr? Wir haben doch auch nur zwei Kochplatten", entgegnete ihr Fred.

„Da hat er recht", stimmte ich ein. „Magst du schon mal das Spiegelei machen?"

Maite merkte, dass es heute mal wieder kein Festessen in dieser Wohnung geben würde.

Den Versuch, uns zu kulinarischen Höchstleistungen zu treiben, hatte sie schon vor einiger Zeit aufgegeben. Vielleicht wegen unseres deutlich geäußerten Unverständnisses beim ersten gemeinsamen Kochen, warum denn jetzt dieses ganze Gemüse besser schmecken sollte als eine gute Pizza. Und mehr Arbeit war das ja schließlich auch noch, bis dieses ganze Grünzeug geschnippelt und gegart ist. Vom Abwasch mal ganz zu schweigen.

Ein Strammer Max schien mir als Gericht ein guter Kompromiss, um ihren Kochdrang zu befriedigen. Das war eine gute Ergänzung zu der schon im

Ofen befindlichen Pizza.

Enttäuscht bemerkte ich, dass ein Strammer Max in Maites Augen offenbar auch nicht zur höheren Kochkunst gehörte. Sie wirkte unzufrieden.

Ich hingegen war mir sicher, dass sie ein wirklich gutes Spiegelei zaubern würde und freute mich schon darauf, damit ein wenig vor meinen Mitbewohnern angeben zu können.

Fasziniert standen Fred, Ulf und ich um Maite herum und starrten auf die Pfanne vor ihr. Fasziniert deshalb, weil sie eben eine wirklich große Menge Öl in diese Pfanne gegossen hatte. Das Teil war bestimmt halb voll damit.

Jetzt waren wir drei mit Sicherheit nicht die Besten, um zu beurteilen, wie man ein Spiegelei oder sonstige kulinarische Höhepunkte herstellt. Aber das, was hier gerade passierte, kam uns komisch vor. So etwas hatten wir auch bei unseren Müttern früher noch nie gesehen.

Maite fing derweil an, über das im Öl schwimmende Ei permanent Öl aus der Pfanne zu schütten.

„Was guckt ihr denn so, ist etwas falsch?"

„Bisschen viel Öl, oder?", fragte ich nachdenklich.

„Das machen doch alle so, wie soll das denn sonst gehen?"

Ah ja, es gab also doch mehr versteckte Unterschiede zwischen der spanischen und der deutschen Küche, als ich vermutet hatte. Ich dachte immer, ein

Spiegelei ist ein Spiegelei und das war's.

Auf jeden Fall schmeckte es lecker und war als Strammer Max eine echte Bereicherung zu der ebenfalls auf dem Tisch stehenden Pizza.

Wir hatten zwar noch keine Ahnung, wer von uns drei Männern die Fettspritzer im Umkreis von einem Meter um die Kochplatte wegmachen müsste, aber die Entscheidung konnte warten – ich vermutete, dass es mich treffen würde.

4

Maite wohnte mit Mari und Elena zusammen.

Die Mädels waren eine international zusammengewürfelte Truppe. Mari war eine eher schüchterne Niederländerin, Elena eine kecke und trinkfeste Polin.

In dieser Wohnung konnte man im Vergleich zu meiner gleich sehen, dass hier nur Frauen lebten. Überall standen Sachen, die aus Männersicht keinerlei Funktion hatten, aber für Frauen wahrscheinlich einfach hübsch waren.

Maite hatte mich und meine Jungs eingeladen, heute Abend mit ihnen los zu ziehen. Ulf und Fred als Singles mit recht wenig Frauenkontakt waren natürlich sofort dabei.

Wir hatten unsere typische Ausgehmontur an.

Eben dasselbe, was wir sonst auch immer tragen. Turnschuhe, etwas abgetragene Jeans und einen soliden Pullover über dem T-Shirt. Als wir in die Wohnung traten, um die Mädels abzuholen, wurden wir mit leichtem Entsetzten gemustert.

„Was ist denn los?", fragte ich. Und warum seid ihr so aufgebrezelt? Ist doch hoffentlich kein Ball, wo wir hinwollen, oder?"

Ein Ball nicht, aber offenbar hatten die drei besprochen, dass es mal wieder Zeit für einen richtigen Tanzabend war. Maite hatte dafür eine Salsa-Bar vorgeschlagen. Ich fühlte mich unwohl, meine Tanzkünste waren mehr als bescheiden, zumindest nüchtern.

Ein kurzer Blick zu Ulf und Fred zeigte, dass es ihnen ähnlich ging. Hätten wir das vorher gewusst, hätten wir uns wohl einen netten Abend vor der Glotze mit Pizza und Pils gemacht.

Es half nichts, ein Rückzug wäre jetzt nicht mehr gut zu erklären gewesen. Wir trotteten also hinter den aufgekratzten Mädels her.

„Hier ist es", sagte Maite. „Da ist alles echt. Der Besitzer, die Kellner und die Band, alle sind Spanier."

Sie sprang aus Vorfreude fast durch die Tür, wir anderen folgten etwas zaghafter hinterher.

Wie sich zeigte, waren nicht nur die Betreiber, sondern auch die Gäste vorwiegend Südländer. Zu feurigen Rhythmen bewegten sie sich mit einer Geschmeidigkeit, die weit von meinen norddeutschen Möglichkeiten entfernt war.

„Sollen wir nicht erstmal etwas trinken?", schlug ich vor.

Ich konnte Ulf und Fred die Zustimmung von ihren Gesichtern ablesen. Klar doch. Schließlich geht man in eine Bar zum Trinken und überlässt das Tanzen den Frauen.

„Das geht nicht", sagte Maite, „wir haben euch doch extra mitgenommen, damit wir Tanzpartner haben."

Mari schaute ein wenig unsicher, aber zustimmend. Elena schien mir, als wäre ihr die Wahl zwischen Tanzfläche und Bar egal.

Aber ich wollte meine geliebte Maite natürlich nicht enttäuschen: „Natürlich, auf geht's!"

Ich gab alles. Der Versuch, meine Steifheit durch extravagante Bewegungen auszugleichen, schien leider nicht zu funktionieren. Zumindest hatte ich das Gefühl, von allen anderen Tanzpaaren mitleidig beobachtet zu werden.

Das konnte aber auch am Schweiß liegen. Der Pullover war offensichtlich das falscheste Bekleidungsstück hier, aber das T-Shirt darunter konnte ich nun wirklich niemandem zumuten. Ich hatte ja nicht ahnen können, dass ich heute noch Sport machen würde.

Nach einer halben Stunde merkte ich, dass ich und Maite die einzigen aus unserer Sechserbande auf

12

der Tanzfläche waren. Meine Blicke wanderten im Raum umher. Zum Glück waren die meisten dieser Tanzprofis recht klein, so dass ich über sie hinweg sehen konnte.

Schließlich fand ich die anderen vier. Sie standen an der Bar, hatten halbvolle Biergläser in der Hand und offensichtlich eine Menge Spaß. Ab und zu schauten sie zu uns rüber und lächelten. Wie es mir vorkam, war das so ein typisches Mitleidslächeln.

Als wir uns morgens gegen drei Uhr von Fred und Ulf verabschiedeten, war ich immer noch klitschnass unter meinem Pullover. Ich war offenbar der Einzige, der geschwitzt hatte. Aber was soll's, wir hatten auf jeden Fall alle Spaß. Jeder auf seine Art und der eine vielleicht ein bisschen mehr als der andere. Immerhin hatte auch ich gefühlt alle zwei Stunden in den Tanzpausen ein Bier bekommen.

Und das Wichtigste: Maite wusste jetzt, dass sie in mir einen echten spanischen Tanz-Gott zum Freund hatte. Das hatte ich an ihren vor Erstaunen weit aufgerissenen Augen ablesen können, mit denen sie mich während besonders ausdrucksstarker Tanzbewegungen immer bewundernd angesehen hatte.

5

Nach zwei Monaten war es dann soweit. Ich lernte Maites Familie kennen.

„Ich gehe noch kurz unter die Dusche!", sagte Maite, nachdem wir vom gemeinsamen Joggen an der Alster wieder zurück in ihrer Wohnung waren.

Ich setzte mich derweil mit einem großen Glas Apfelsaftschorle in die Küche und versuchte mit dem Nachschwitzen fertig zu werden. Gerade wurde der Duschstrahl nebenan richtig aufgedreht, als auch schon das Telefon klingelte.

„Jan Stocker am Apparat von Maite Fernandez-Perez, guten Tag!", sagte ich in einem vom Joggen tiefenentspannten Zustand, der sich schnell ändern sollte.

„Hola, está Maite?", hörte ich da schon am anderen Ende der Leitung und vermutete mal, dass das so etwas wie „Ist Maite da?" heißen sollte.

Das Kritische an dieser Situation war, dass die Stimme vom Alter ungefähr zu Maites Vater passen konnte. Und beim ersten Kontakt mit meinem möglichen Schwiegervater war ich doch ein wenig nervös.

„Ja,...ich meine sí... Do you speak English?"
Kurze Stille.

„Yes!"

Wieder Stille.

Also fing ich mit meinem gebrochenen Englisch an zu erklären, dass ich der noch unbekannte aber total liebenswürdige Schwiegersohn sei, Maite gerade am Duschen wäre, aber bestimmt gleich zurückrufen würde.

Als Antwort kam eine ganze Menge Spanisch. Zumindest soweit ich das beurteilen konnte, ohne etwas davon zu verstehen. Zwischendrin fiel immer mal wieder ein herzhaftes „Yes!" in den schnellen Schwall spanischer Wörter.

Wir einigten uns am Ende auf ein versöhnliches „Bye!" und beendeten das Gespräch.

„Was ist denn mit dir los?", fragte Maite, als sie mich wie ein Häufchen Elend im grünen Plüschsessel vor dem Telefon sitzen sah. „Etwas Schlimmes?"

In diesem Moment beschloss ich, dass ich als weitere Fremdsprache unbedingt Spanisch lernen sollte.

6

Eine Sprache lernen ist gar nicht so schwer, wenn nur der richtige Antrieb dafür da ist.

In meinem Fall hieß dieser Antrieb Carlos und war der Vater von Maite. Und wahrscheinlich gehörten auch Maites Mutter Maribel, Maites drei Brüder und Maites Opa mit zu diesem Antrieb. Oder genau genommen, die Angst bei meinem ersten Besuch in Spanien vor ihrer ganzen Familie zu stehen und mit keinem auch nur ein Wort reden zu können.

Um das Lernen neben der Arbeit und meiner viel zu knappen Freizeit mit Maite im Tagesablauf unter zu bringen, hatte ich meine eigene Methode entwickelt.

Als Grundlage hatte ich mir ein Sprachlehrbuch mit dreißig Einheiten gekauft. Eine Einheit, das war immer ein Text-Teil, die dazu gehörenden Vokabeln und die passende Grammatik. Und dann ein kurzer Test zum Abschluss, damit ich eine Bestätigung für meinen Lernerfolg hatte. So konnte ich mir jede Woche eine Einheit vornehmen und wusste, nach dreißig Wochen spreche ich fließend Spanisch. Zumindest theoretisch.

Für das praktische Üben hatte ich Maite. Sie besorgte mir meinem Lernfortschritt entsprechende Bücher, angefangen bei Märchenbüchern für die ganz Kleinen. Sie ermunterte mich, ihr mindestens einen Liebesbrief pro Woche auf Spanisch zu schreiben, den sie dann liebevoll korrigierte. Und sie brachte wirklich viel Geduld auf, mit mir Spanisch zu reden. Dabei verzweifelten wir beide vor allem an der Unbeweglichkeit meiner Zunge, gerade wenn es um das berühmte, rollende spanische „R" ging.

So leicht dieses „R" für Süddeutsche sein mochte, so unmöglich war es für mich als Nordlicht.

Wir einigten uns schließlich darauf, dass mein „D" sich noch am ehesten nach dem rollenden „R" anhörte.

Trotzdem ging es gut voran. Irgendwann merkte ich, dass Maite die Lust verlor, jede Kleinigkeit immer wieder zu korrigieren. Vielleicht war ich doch nicht das Naturtalent, das ich immer dachte. Aber wir gewöhnten uns beide so sehr an meine kleinen Fehler, dass sie uns beim Reden nicht mehr störten.

„Sag mal Jan, hast du Lust zum Geburtstag meines Opas mitzukommen?", fragte Maite eines Tages, nachdem wir jetzt vier Monate zusammen waren.

Nun, ich denke die Frage war zu diesem Zeitpunkt überfällig. Nach vier Monaten kann man schon mal die Familie seiner vielleicht baldigen Frau persönlich kennenlernen.

„Klar!", sagte ich also ohne zu zögern.

Und dann sprudelte es nur so aus ihr raus: „Prima! Wir haben auch schon eine Idee, wie wir das mit meinen Brüdern und meinem Opa machen. Mein jüngerer Bruder kann zu Opa ins Zimmer und meine beiden älteren können in der Zeit zu ihren Freundinnen. Dann wird ein Zimmer für uns frei."

Stimmt. Da war doch was. Maite hatte mir schon einmal erzählt, wer da alles in einer Wohnung zusammen wohnt. Ich hatte wohl vergessen, dass wir uns bei einem Besuch alle in einer Wohnung tummeln müssten. Und das, wo ich doch ab und zu meine Rückzugsmöglichkeiten brauche.

Aber für die Liebe meines Lebens würde ich auch das mit einem Lächeln bewältigen.

7

Da waren wir jetzt also in Madrid gelandet. Mein erster Kontakt mit spanischem Boden.

Beeindruckt von dem großen Flughafen und den vielen recht fremdländisch auf mich wirkenden Menschen, stand ich einige Minuten im Terminal und versuchte alle Eindrücke aufzusaugen.

„Du musst schon auf dein Handgepäck aufpassen!", rügte Maite mich nach kürzester Zeit.

Sofort nahm ich den Rucksack wieder in die Hand.

„So schlimm wird es hier doch nicht sein, oder?"

„Na, das ist immer noch Spanien", entgegnete sie mir mit einem dieser bezaubernden Lächeln im Gesicht, die sie so gut konnte.

Wir gingen zur Metro, die direkt aus dem Flughafen abfuhr. Von so einer Verkehrsanbindung könnte sich die eine oder andere deutsche Stadt etwas abgucken.

Schnell gelangten wir mit der Metro zum zentralen Omnibus-Bahnhof, der unterirdisch gelegen war.

Die Vielzahl der Busse und Verbindungen war beeindruckend. In Deutschland war ich noch nie auf die Idee gekommen, eine Fernreise per Bus zu machen. Dabei sah das alles ganz bequem und gemütlich aus und man musste sich nicht um Sitzplätze schlagen. Vielleicht würde ich das auch zu Hause einmal versuchen.

Der Bus nach Salamanca wartete schon.

Etwas misstrauisch beäugte ich, wie wir unser Gepäck in der noch offenen Ladeklappe zurück ließen. Schließlich hatte ich eben noch einen heftigen Rüffel gekriegt, dass ich auf mein Gepäck aufpassen müsste. Jetzt stellten wir alles unbewacht in diese Ladeklappe und es schien Maite nicht im Geringsten zu stören.

Die Fahrt nach Salamanca dauerte ungefähr zwei Stunden. Maite nutzte diese, um mich auf den ersten Kontakt mit ihrer Familie vorzubereiten.

„Die sind alle total nett! Mach dir keine Sorgen wegen der Sprache. Wenn du etwas nicht verstehst, frag mich einfach."

„Haben wir eigentlich ein Geschenk für deinen Opa? Immerhin wird er 90, das ist ja keine kleine Sache."

Sie lachte nur, „Na, das größte Geschenk bringe ich doch schon mit. Wir kaufen nachher noch schnell eine Schleife, in die wir dich einwickeln und dann passt das schon."

Na prima, dachte ich. Meine Hoffnung, dass ich nicht im Mittelpunkt dieses Treffens stehen würde, schien nicht wirklich aufzugehen.

Am Busbahnhof in Salamanca stand die komplette Familie schon zum Empfang bereit. Die Eltern mit dem Opa und die drei Brüder mit ihren Freundinnen.

Freudig schlossen wir uns gegenseitig mit einem herzlichen „Hola!" in die Arme.

Ich fühlte mich gut angekommen. Trotzdem hatte ich Hemmungen, meine unsicheren Sprachkenntnisse sofort anzuwenden. Maite glich das weitgehend aus, indem sie alles übersetzte. Und für den Rest reichte in der Regel ein Lächeln.

8

Die Wohnung mochte für meine Gewohnheiten etwas zu viele Menschen auf zu kleinem Raum beherbergen, dafür war die Stimmung umso herzlicher. Da war Leben im Raum, wenn alle am Tisch zusammen saßen und durcheinander redeten und lachten. Fast wie in einer großen WG.

„Und wie gefällt es dir?", fragte Maite. „Ist alles gut, oder ist dir das hier zu viel auf einmal?"

„Nein, alles ist prima", sagte ich, als gerade Maites Mutter den nächsten Berg Leckereien an den

Esstisch brachte. Hier wurde wirklich mächtig was aufgetragen. Wahrscheinlich kamen daher Maites hohe Ansprüche, was unter Kochen zu verstehen war.

Schade nur, dass ich die offenbar sehr beliebten Meerestiere mit ihren Scheren und Saugnäpfen beim besten Willen nicht essen konnte und wollte. Meine zukünftige Schwiegermutter quittierte das mit einem verständnisvollen Lächeln und reichte mir gastfreundlich etwas mehr Fleisch und Gemüse.

Was mich wunderte war, dass gar keine Pizza auf dem Tisch stand, wie ich das aus meiner Hamburger WG gewohnt war. Also nicht mal zusätzlich. Wussten die hier denn nicht, dass so was dazu gehörte?

Der Abend ging viel länger, als ich das von der Geburtstagsfeier eines Neunzigjährigen erwartet hätte. Selbst das Geburtstagskind ging erst weit nach Mitternacht ins Bett.

Am nächsten Morgen schmerzte mein Kopf ein wenig. Das lag bestimmt daran, dass ich am Abend zuvor statt Bier nur gekühlten Rotwein getrunken hatte. Das kannte mein Körper so nicht und bedankte sich aus Protest dafür mit einer extra Portion Kopfschmerzen.

Der männliche Teil der Familie war offenbar schon früh aufgestanden, denn Carlos kam mit seinen drei Söhnen gerade in wetterfester Kleidung zur Tür rein. Sie brachten einen mittelgroßen Leinensack mit, den sie in eine Wanne mit Wasser legten. Carlos merkte wohl, dass ich etwas fragend und neugierig auf den sich bewegenden Sack schaute.

„Das sind Flusskrebse für heute Abend", sagte er und nahm einen Krebs raus, um ihn mir zu zeigen.

Das arme Tier. Das war gar nichts für mich, das Essen so lebend vor mir zappeln zu sehen. Fleisch ist ja gut und schön, aber das hier war doch eine Spur zu lebendig.

Als Rache für seine Gefangenschaft kniff der Flusskrebs einmal kräftig in Carlos Hand. Zur Strafe musste er wieder in den Sack zu seinen Artgenossen.

Genau jetzt war wohl der richtige Zeitpunkt, um zu fragen, ob ich denn heute Abend eine Pizza haben könnte. Oder meinetwegen auch eine Portion Spaghetti. Nur halt etwas, was nicht aus dem Meer kam und nicht mehr lebte.

Maites Familie schob meine merkwürdige Abneigung gegen die kleinen Meeresbewohner der Tatsache zu, dass ich schließlich Deutscher war. Bestimmt gäbe es solche Leckereien bei uns nicht. Maite schwieg dazu und lächelte mir wissend zu. Sie kannte ja meine Essensvorlieben mittlerweile.

9

Gegen Abend trafen wir uns mit Freunden von Maite.

Sie hatte ihre ganzen Freunde hier schließlich lange nicht mehr gesehen und freute sich total darauf, sie alle wiederzusehen.

„Die Mädels gehören alle zu meiner Pandilla. Das nennt ihr, glaube ich, Clique. Jeder wächst in so einer Pandilla auf. Jungs und Mädels haben immer ihre eigene Pandilla, da wird nicht gemischt. Die meisten Jungs, die heute Abend dabei sind, kenne ich deshalb auch erst, seit sie mit meinen Freundinnen zusammmen gekommen sind.“

Die Freunde von Maite entsprachen dem, wie ich mir typische Spanier immer vorgestellt hatte. Sehr gesellig und für ungeübte deutsche Maßstäbe vielleicht ein bisschen laut. Das hatte ich aber auch schon in der Metro vom Flughafen bemerkt. Wo in Deutschland Totenstille geherrscht hätte, merkte man in Spanien immer gleich, dass Leben um einen rum war.

Schnell lernte ich zwei wichtige Sachen.

Erstens: Für die Unterhaltung in einer Gruppe, in der alle durcheinander redeten, reichten meine Spanisch-Kenntnisse nicht aus.

Zweitens: Versuche niemals einen Witz in einer Fremdsprache zu machen, die du nicht fließend beherrschst. Es kostete mich drei vergebliche Witze, nach denen mich alle irritiert anstarrten, bis ich diesen Punkt gelernt hatte.

Ansonsten wurde ich schnell aufgenommen. Ich merkte gleich, dass es offenbar eine Menge Dinge gab, die Maites Freunde schon immer über die Deutschen wissen wollten.

Für einen guten Teil war zumindest klar, dass wir nicht alle Lederhosen trugen. Auch wenn mich einige darauf ansprachen, warum ich denn keine anhätte.

Meine Lieblingsfrage an diesem Abend war jedoch eine, mit der ich wirklich nicht rechnen konnte.

„Was genau ist eigentlich die Bedeutung von Ratatadatsch?"

Vielleicht war das Wort auch ein bisschen anders, so genau erinnere ich mich nicht mehr.

„Die Bedeutung von was?"

„Na von Ratatadatsch, das ist doch ein typisches deutsches Wort. Kennst du das denn nicht?"

Alle guckten mich erwartungsvoll an.

„Nein, ich glaube so ein Wort gibt es nicht", sagte ich schließlich etwas verunsichert.

Das war der Anfang einer regen Diskussion mit mir im Mittelpunkt. Schließlich hatte jeder hier dieses Wort schon einmal gehört. Nur in ganz verschiedenen Zusammenhängen.

Wie sich rausstellte, war es ein Phantasiewort.

Aber eines, von dem alle überzeugt waren, dass es echt wäre. Es war das Beispielwort schlechthin für die, aus Sicht der Spanier, sehr hart klingende deutsche Aussprache. Zumindest wie sie offenbar in Filmen vorkam, in denen deutsche Offiziere irgendwen anschrien. Schade, dass es das einzige bekannte deutsche Wort war.

Nachdem ich so zu Beginn des Abends meine sprachlichen Fähigkeiten demonstrieren musste, wurden im weiteren Verlauf meine körperlichen Grenzen ausgetestet. Und zwar durch die spanische Zeitverschiebung. Nicht im Sinne von einer anderen Zeitzone, da lagen wir schließlich in derselben wie in Deutschland. Aber es war einfach alles für meine Gewohnheiten deutlich nach hinten versetzt. So kam das Essen erst kurz nach 22 Uhr, was hier völlig normal zu sein schien. Erst gegen Mitternacht ging es in die erste Tapas-Bar.

Ich hatte mich gerade halbwegs in eine freie Ecke am Tresen gequetscht, eine auf einem Zahnstocher steckende Krokette in der Hand und ein Bier am Mund, da kam schon wieder Aufbruchsstimmung auf. Im dreißig Minuten Abstand wechselten wir die Tapas-Bars.

Gegen Ende unseres Streifzugs, es muss so fünf Uhr morgens gewesen sein, schien der ganze Ort noch auf der Straße unterwegs und niemand wirkte müde. Von mir einmal abgesehen.

Ich merkte, es würde noch eine lange Zeit dauern, bis ich mich in dieses Leben richtig eingewöhnt hätte.

„Und wie findest du meine Freunde?", fragte mich Maite am nächsten Morgen. „Eine tolle Truppe, oder?"

Ein Blick auf den Wecker am Bett zeigte mir, dass es kurz nach zehn war. Und mein Gefühl sagte mir, dass ich höchstens 15 Minuten geschlafen hatte.

„Alle super nett", gähnte ich.

„Die fanden dich auch alle total nett."

„Das ist schön."

„Einige haben gefragt, ob du krank bist. Weil du zwischendurch so müde gewirkt hast."

„Das muss noch an der Reise gelegen haben", sagte ich und versuchte dabei nicht rot zu werden. Ich wollte nicht schon wieder zeigen, dass ich in einigen Hinsichten doch noch kein richtiger Spanier war.

„Dann war es ja gut, dass wir dich in der letzten Bar ein wenig auf dem Barhocker schlafen gelassen haben. Auch, wenn Inés dadurch nicht mit uns tanzen konnte, weil du auf ihrer Schulter hingst."

Jetzt wurde ich doch rot. Wir sollten schnell das Thema wechseln.

„Wollen wir aufstehen?", fragte ich schnell.

Die Frage versteckte den Hinweis, dass ich mich in dieser mit der ganzen Familie gefüllten Wohnung

26

noch nicht so wohl fühlte, um als erster das Zimmer zu verlassen und alleine auf die einzelnen Familienmitglieder in ihren Schlafanzügen zu treffen.

„Magst du nicht als Erster aus dem Zimmer gehen?", grinste Maite mich mit wissendem Blick an.

Im Nachhinein war dieser Kurzausflug nach Spanien ein voller Erfolg. Ich kannte jetzt schließlich Maites Familie und Freunde. Und wenn man es genau nahm, kannte ich jetzt sicherlich auch Spanien und die Menschen dort als Ganzes. Das Alles war ein großer Schritt auf dem Weg in mein neues, spanisches Leben mit Maite.

Auf unserer Heimreise war ich fast ein wenig wehmütig dieses schöne Land so schnell wieder zu verlassen, aber ich würde wiederkommen. Bestimmt!

10

Wir hatten dieses Jahr in Hamburg einen dieser seltenen Winter, in denen die Alster zugefroren war.

Die Eisfläche war für das Publikum zum Betreten freigegeben und wir wollten zusammen mit unseren beiden Wohngemeinschaften Schlittschuh laufen gehen.

Schlittschuhlaufen war nicht meine stärkste

Sportart. Schließlich lief ich schon als Kind am liebsten auf Rasen Rollschuh, weil ich da nicht so schnell wegrutschen konnte. Aber um einer Spanierin zu imponieren, sollten meine Fähigkeiten wohl reichen. Was wusste die schließlich von Eis und Schnee?

Fred und Ulf hatten zugegeben, dass sie nicht Schlittschuhlaufen konnten. Und das ganz ohne rot zu werden oder sich zu schämen. So stapften sie beide, jeweils mit einer Schale heißer Maronen in der Hand, über das Eis.

Die drei Mädels schienen öfters Kufen unter den Füßen zu haben. Mit ziemlicher Leichtigkeit glitten sie über die gefrorene Alster. Selbst Maite, wo auch immer sie das gelernt hatte.

Zumindest liefen sie so lange, bis sie schließlich merkten, dass ich fehlte.

Ich stand keine drei Meter vom Ufer auf der Eisfläche und versuchte verzweifelt mich auf diesen viel zu schmalen Metallstücken unter meinen Füßen im Gleichgewicht zu halten. Fred und Ulf schauten mir dabei mit einem interessierten Gesichtsausdruck zu, der so viel heißen mochte wie: „Hast dich wohl leicht überschätzt, oder?".

„Du hast doch gesagt, du kannst das so gut", sagte Maite, als sie langsam näher glitt.

„Ist wohl doch schon ein bisschen her, seit dem letzten Mal", gab ich kleinlaut zu.

„Komm, halt dich an mir fest. Dann klappt das

schon."

Dieser Tag sollte mir einen neuen Spitznamen einbringen. Aufgrund meiner Fähigkeit mich blitzschnell an meinen Freunden abwechselnd festzuklammern, wurde ich ab jetzt bei der einen oder anderen Gelegenheit ehrfürchtig „die Krake" genannt.

„Sag mal, wo du dich gerade so schön an mir festhältst und nicht fliehen kannst", fing Maite an, „wie soll es eigentlich mit uns weitergehen? Mein Praktikum ist ja in sechs Monaten vorbei. Und dann muss ich auf jeden Fall noch ein Jahr in Spanien fertig studieren. Kommst du dann mit nach Spanien, oder sollen wir in Deutschland leben und ich mich hier nach Arbeit umsehen?"

Das war mal eine Frage. Klar musste sie irgendwann kommen, aber trotzdem kam sie unvorbereitet. Obwohl ich mir mein zukünftiges Leben in Spanien schon oft mit all seinen Vorzügen ausgemalt hatte, war ich noch nicht zu hundert Prozent von diesem Wechsel überzeugt.

Gut, dass Maite mich auf diesem glatten Eis gerade festhielt. Trotzdem strauchelte ich ein wenig und zog sie fast mit zu Boden.

„Wir leben später natürlich in Spanien!", sagte ich. „Ich kann ja erstmal pendeln und dann vor Ort einen Job suchen."

Und dann kam mir eine grandiose Idee, um noch ein Sahnehäubchen für uns beide drauf zu setzen.

„Wie wäre es denn, wenn wir nicht nach Sala-manca ziehen, sondern nach Barcelona? Wenn schon Spanien, dann wäre das Mittelmeer doch toll, oder? Und außerdem gibt es da bestimmt mehr Jobs und einen gut erreichbaren Flughafen."

Ihrem Lächeln konnte ich entnehmen, dass das wirklich eine meiner besseren Ideen war.

11

Es war der Beginn eines herrlichen Frühlingswo-chenendes und ich hatte einen Strauß Rosen besorgt, um Maite abzuholen. Sie war diese Woche wegen einer Schulung in Süddeutschland unterwegs und eine so lange Trennung kam mir wie eine Ewigkeit vor.

Wir wollten uns am S-Bahnhof Berliner Tor tref-fen. Voller Spannung wartete ich, dass die S-Bahn vom Hauptbahnhof mit meiner Maite darin endlich eintraf.

Während der Zug noch zum Stehen kam, hatte ich sie schon hinter einer der Türen gesehen.

Sobald die Tür offen war, sprang ich in den Wa-gen und drückte Maite einen dicken Kuss auf den Mund, meine Arme mit den Rosen in der Hand da-bei um sie geschlungen.

Eine Frau erwartet in einer solchen Situation,

dass man sich voll auf sie konzentriert. Für mich als Mann hingegen war es in einer solchen Situation völlig normal, nebenbei auch an andere wichtige Dinge des Lebens zu denken. Das konnte zum Beispiel mein Auto in der Werkstatt oder ein offen gelassenes Fenster oder sonst eine wichtige Sache sein.

Nun, ich dachte in diesem Moment nebenbei an etwas anderes.

„Das ist doch die falsche S-Bahn, oder?", rief ich und riss mich aus Maites Umarmung.

Bevor sie noch antworten konnte sprang ich leicht panisch aus dem Zug. Das war gerade noch rechtzeitig, ich konnte das Signal zum Schließen der Türen schon hören. Genau genommen musste ich sogar mit ein wenig Kraft nachhelfen, damit die Türen mich noch durchließen.

Maite schaute mich von der Innenseite des Wagens mit einer Mischung aus Schrecken und Verwunderung an.

Die Rosen hatten es nicht mehr vollständig mit mir hinaus geschafft und hingen mit ihren Stielen in der Tür. Zumindest waren die Rosenköpfe auf Maites Seite.

Langsam setzte der Zug sich in Bewegung.

Während ich dem langsam Fahrt aufnehmenden Zug hinterher sah, glitt mein Blick über die Anzeigetafel. Mist. Es war doch die richtige S-Bahn und diese würde Maite jetzt nach Hause bringen.

Mein Handy klingelte. „Sag mal Jan, was war das

denn?"

„Das", sagte ich, mit einer wie ich hoffte überzeugenden Stimme, „das ist bestimmt passiert, weil ich in deiner Nähe wie immer nicht klar denken konnte."

Nach einer kurzen Pause des Schweigens mussten wir beide losprusten vor Lachen.

12

Am nächsten Morgen waren wir früh aufgestanden. Wir hatten schließlich noch einiges vor.

„Hast du den Eierpikser gesehen?", fragte ich, während das Wasser im Topf schon am Kochen war.

„Was gesehen?"

„Den Eierpikser. Das Teil, mit dem ich immer die kleinen Löcher in die Eier mache"

„Ach das. Ich glaube, da ist Ulf gestern drauf getreten. Wofür brauchst du das Ding den überhaupt?"

Ich schaute sie ein wenig verwirrt an. Schließlich war sie die Köchin von uns beiden.

„Na, um ein Loch ins Ei zu machen. Sonst platzt das doch, wegen dem Druck."

„Also aus Spanien kenne ich so was nicht, wir kochen die Eier so. Und platzen tun sie trotzdem nicht."

Sie konnte doch nicht wirklich die einfachsten

Grundlagen der Physik ignorieren. Hoher Druck führt zu platzenden Eiern, das war doch wohl sonnenklar.

„Gib mal her", sagte sie und legte die Eier ins Wasser, bevor ich reagieren konnte.

Ich wollte nicht mit ihr schimpfen und beobachtete stattdessen die Eier, immer in der Gewissheit, dass das Eiweiß sich gleich im Topf verteilen würde. Nichts passierte.

Nach fünf Minuten nahm ich zwei völlig heile Eier aus dem Wasser. Ich beschloss, nicht weiter auf das Thema einzugehen. Die Eier hatten bestimmt nur zufällig eine besonders dicke Schale. Es musste schließlich einen Grund geben, dass ich mein ganzes Leben lang in Deutschland die Eier gelocht hatte.

Nach einem kurzen Frühstück saßen wir im Auto. Mit der Fähre ging es über die Elbe ins Alte Land. Die Obstbäume waren zu dieser Zeit in voller Blüte und ich wollte Maite dieses Blütenmeer unbedingt vor unserem Wegzug aus Hamburg zeigen. Schließlich wussten wir nicht, wann wir wieder einmal zu dieser Jahreszeit in Deutschland sein würden.

Wir hielten neben einer der riesigen Obstwiesen und ich überraschte Maite mit einem bestens vorbereiteten Picknickkorb. Bestens vorbereitet hieß in diesem Fall: Zwei Croissants, etwas Butter und eine Thermoskanne mit heißem Kaffee. Aber das Frühstück war schließlich noch nicht allzu lange her.

„Schön, dein Hamburg. Bist du sicher, dass du es nicht zu sehr vermissen wirst in Spanien?"

„Ach was. Das wird am Mittelmeer noch viel toller." Dabei strich ich mit meiner Hand unbewusst durch das saftig grüne Gras um uns herum. „Und außerdem bist du ja schließlich da."

Nach unserem Picknick fuhren wir an den Deich und schauten von der Krone über die schöne Landschaft und den Schiffen auf der Elbe hinterher.

Maites Frage, ob mir das nicht fehlen würde, arbeitete in meinem Unterbewusstsein. Ich merkte, dass ich mich innerlich darüber freute, dass es noch mindestens zwei Monate bis zu unserem Umzug waren.

13

Maites Rückkehr nach Spanien stand jetzt unmittelbar bevor. In vier Woche würden wir unser Leben für immer in die Sonne verlegen.

Weil Maite mir so oft von den kleinen Segelbooten auf der Alster vorgeschwärmt hatte, wollte ich ihr diesen Wunsch erfüllen, bevor wir Hamburg verlassen würden. Wir waren deshalb gerade mit der S-Bahn auf dem Weg zu einem der Bootsverleihe.

Während der Fahrt stellte ich mir die verschienen Sachen vor, die unser Leben in Spanien noch schöner machen würden, als es hier schon war. Ich schwärmte Maite gerade vor, wie toll es wäre, sich nie wieder um so etwas nerviges wie Eis-Kratzen und Winterreifen kümmern zu müssen.

„In Barcelona vielleicht. Aber in Salamanca und in Madrid kann es im Winter richtig kalt werden. Lass dir bloß nicht einfallen, deine Wintersachen hier zu lassen", lachte Maite.

Was war das denn jetzt? Ich dachte immer Spanien ist das Synonym für Sonne und Wärme.

„Schade! Aber in Barcelona dann", erwiderte ich, brutal aus meinen Träumen gerissen.

Warum mich die Kälte in Madrid überhaupt scherte, wenn wir doch nach Barcelona ziehen wollten? Nun, für das Jahr bis zum Ende von Maites Studium war es einfach praktischer. Das Studium fand schließlich in León statt. Von da war es schon weit genug nach Madrid, Barcelona ginge da gar nicht. Und Madrid schien von den Fluganbindungen die logischste Lösung, um die Zeit bis zum Ende ihres Studiums zu überbrücken. Das eine Jahr mehr bis zum Leben in unserer Traumstadt würden wir auch noch überstehen.

Während mir diese ganzen Gedanken durch den Kopf schwirrten, hatten wir die S-Bahn verlassen und näherten uns dem Bootssteg. Zielstrebig gingen wir auf den Mitarbeiter des Bootsverleihs zu.

„Können Sie Segeln?", fragte der uns, nachdem

wir ihn nach einem Segelboot gefragt hatten.

„Eigentlich nicht. Ist das schwer?"

Er schaute mich ein wenig mitleidig an.

„Dann vielleicht lieber ein Tretboot?", schlug er vor.

Das war eigentlich nicht mein Plan für heute. Aber jetzt, wo ich die anderen Boote auf dem Wasser sah, wurde mir klar, dass es nur mit Lenken bei so einem Segelboot wohl nicht getan wäre. Mit dem Segel musste man offenbar auch irgendetwas machen.

Maite half mir schließlich aus der Klemme, indem sie sagte, dass sie sowieso mehr Lust auf eine Runde Tretbootfahren hätte. Wir würden da schließlich viel entspannter nebeneinander sitzen können. Ich nahm diese Steilvorlage dankbar an, auch wenn ich ihren sehnsüchtigen Blick zu den weiter links angeleinten Segelbooten schweifen sehen konnte.

Es war trotzdem toll. Wir waren mit unserem Tretboot mitten auf der Alster. Bis auf einige Enten und ein ab und zu vorbeiziehendes Segelboot war es absolut still.

Spanien würde da schon eine ganze Menge bieten müssen, um Hamburg zu schlagen.

14

Drei Wochen vor unserem Umzug hatten wir eine Urlaubswoche in Madrid.

Wir brauchten schließlich eine Wohnung und diese von Hamburg aus zu suchen, schien uns wenig erfolgversprechend. Zum einen, weil ich Madrid gar nicht kannte und deshalb keine Vorstellungen hatte, welche Ortsteile für mich in Frage kommen könnten. Zum anderen zerstörte Maite mir schnell meine Vorstellungen, wie die Suche ablaufen würde.

„Internet und Zeitungen kannst du vergessen. Das klappt nicht. Da sind auch zu viele Angebote dabei, die es gar nicht gibt. Und bei den echten Anzeigen rufen so viele an, dass die Wohnungen gleich weg sind."

„Und wie geht das dann?", fragte ich erstaunt. Mein Plan wäre gewesen, mich mit einem Bier in Ruhe vor den Computer zu setzen und die schönsten Wohnungen raus zu suchen.

„Na, wir laufen die Straßen ab. Wenn in einem Haus was frei ist, hängt meistens ein Schild draußen an den Fenstern. Und wir fragen beim Hausmeister und den anderen Mietern, die wissen meistens, ob was frei ist."

Interessant. Das schien ganz anders zu laufen, als

ich es gewohnt war.

Also stürzten wir uns in die Suche vor Ort und liefen die für uns in Frage kommenden „barrios", das spanische Wort für Ortsteile, ab. Das Schwierige war, dass weder Maite noch ich eine Ahnung hatten, in welchen Barrios wir überhaupt suchen sollten. Wir beschlossen also da anzufangen, wo wir vom Flughafen und von Busbahnhof aus gut hinkommen würden.

Wir beschränkten uns bei der Suche nicht auf Schilder, Hausmeister und Mieter. Maite fing alle Menschen ab, die uns auf der Straße begegneten und aussahen, als ob sie einen Tipp für uns haben könnten. Egal ob das Ladeninhaber, Polizisten, Postboten oder einfach nur Passanten waren. Die Antworten waren fast immer ausführlich und gestenreich.

„Und, was hat er gesagt?", fragte ich nach einer dieser längeren Unterhaltungen mal wieder.

„Nichts Bestimmtes. Er meint es könnte sein, dass es zwei Straßen weiter eine freie Wohnung gibt. Vielleicht aber auch nicht."

Na super. Wieder eine halbe Stunde viel über Nichts gesprochen. Eine Hausnummer wusste der gute Mann auch nicht. Ich spürte, dass ich für dieses Vorgehen zu ungeduldig war.

Wenig später standen wir tatsächlich in einem der Häuser in genau der Straße, die der Mann vorhin erwähnt hatte. Es war eins von den Gebäuden, in denen der Hausmeister noch selbst im Haus wohnte. Maite war gerade in das übliche gestenreiche Gespräch mit ihm vertieft.

„Er sagt, die Wohnung neben ihm ist frei. Der Vermieter wohnt auch hier im Haus und vermietet sie direkt, wir müssten also nicht mal einen Makler bezahlen."

Das klang doch vielversprechend. Ich wusste ja die ganze Zeit, dass wir genau auf die richtige Art und Weise bei unserer Suche vorgehen. Man musste halt nur mit allen Leuten reden, dann fand man auch eine Wohnung.

15

Die letzten Wochen unseres gemeinsamen Lebens in Hamburg vergingen viel zu schnell. Je näher Maites letzter Tag hier kam, desto nachdenklicher wurde ich.

Irgendwie ging mit dem anstehenden Umzug ein Lebensabschnitt zu Ende. Ab jetzt hätte ich für eine gewisse Zeit zwei Leben. Unter der Woche in Hamburg und am Wochenende in Madrid.

Die Flüge für die ersten drei Monate waren schon gebucht. Leider gab es keine erschwinglichen Direktverbindungen, also würde es einen Zwischenstopp in Paris geben. Das bedeutete stolze acht Stunden Reisezeit von Haustür zu Haustür. Aber unsere Liebe und die Aussicht auf unser baldiges Leben in Barcelona sollten das doch mehr als ausgleichen können.

„Du wirst uns fehlen", sagte Elena, während wir in einem portugiesischen Restaurant Maites Abschied und meinen Halb-Abschied mit unseren Mitbewohnern feierten.

Maites Mädels merkte man die Traurigkeit deutlich an. Nicht nur, dass Maite ging, sie hatten auch noch keine passende neue Mitbewohnerin gefunden. Wahrscheinlich hatten sie zu hohe Ansprüche, schließlich stellten sich jede Woche mindestens fünf Bewerberinnen vor. Aber keine von Ihnen hatte bisher das zweistündige, intensive Casting überstanden.

„Ja, voll schade, dass ihr jetzt bald weg seid", stimmte Fred ein.

Wobei ich mir bei meinen beiden Jungs nicht sicher war, ob der Verlust ihnen wirklich so unter die Haut ging. Ich hatte das Gefühl, dass sie sich auch ein bisschen darauf freuten, dass wir jetzt zumindest unter der Woche wieder eine richtige Männer-WG sein würden. So mit Pizza und Pils und allem.

Wir hatten uns zusammen irgendeinen Topf mit gekochten Tieren drin bestellt. So ganz hatte ich nicht verstanden, was da alles drin war. Aber Maite hatte das ja schließlich empfohlen. Der Kellner stellte den noch dampfenden Pott gerade in die Mitte des Tisches.

„Sagt mal, was hängt denn da für eine Tentakel über den Rand raus?", fragte ich etwas erschrocken.

Maite sah mich überrascht an. „Oh nein, magst du etwa auch keinen Tintenfisch? Ich dachte, nur Krebse und so was schmecken dir nicht."

Ich kriegte natürlich nichts vom Inhalt des Topfes runter. In Spanien würde ich entweder meine Essgewohnheiten umstellen müssen, oder ich würde dort eine sehr schwere Zeit haben. Vielleicht könnte man das Problem ja mit Hypnose lösen. Das soll bei Angst vor Hunden ja auch funktionieren.

Mit ein bisschen trockenem Brot für mich und viel zu Trinken für uns alle, verbrachten wir diesen Abschiedsabend.

Die Stimmung schwankte zwischen der Freude, dass wir diese Zeit in Hamburg zusammen verbringen konnten und der traurigen Gewissheit, dass hier etwas sehr Schönes endete.

Aber nach gut kommt ja bekanntlich besser.

MADRID

16

Es war soweit. Spanien. Madrid. Wir waren da, hier konnte das neue gemeinsame Leben beginnen.

Der Umzug selbst war einfach. Das lag sicherlich auch daran, dass weder Maite noch ich Möbel zu transportieren hatten. Sie hatte ihr Zimmer in Hamburg damals möbliert übernommen und es dann natürlich genauso wieder zurückgelassen. Über die zwei großen Palmen, die sie sich in ihr Zimmer gestellt hatte, freuten sich jetzt Elena und Mari. Bei mir war es noch einfacher, schließlich behielt ich mein Zimmer bei Fred und Ulf ja weiterhin.

So liefen wir jetzt, jeder mit zwei etwas übergroßen Koffern, auf unsere neue Wohnung zu.

Die Wohnung lag fußläufig von der Metrostation Pinar del Rey entfernt. Ich würde bei meinen anstehenden wöchentlichen Reisen direkt vom Flughafen mit ein und derselben Metrolinie durchfahren können. Das war uns wichtig gewesen. Bei einer Reisezeit von acht Stunden konnte schließlich jede zusätzliche Minute den Unterschied zwischen erträglich und nicht mehr erträglich ausmachen.

Unsere neue Wohnung wirkte auf mich typisch

spanisch. Hinter dem Bett war ein großer Fächer als Kopfende. Im Heizungsraum hing ein Haken, an dem die Chorizo-Wurst in Ruhe aushärten konnte.

Vom Esstisch aus hatten wir durch das offene Fenster einen freien Blick in den Innenhof unseres Wohnblocks. Wir spürten die Nähe zu den Nachbarn förmlich. Wir konnten sie hören und sehen, ja wir wussten sogar, welche Wäsche sie trugen. Diese hing schließlich an den Leinen, die vor jedem Innenhoffenster befestigt waren.

Ich fühlte mich im Vergleich zu meiner eher ruhigen Hamburger Wohnung jetzt wie im echten Leben angekommen.

Da wir wussten, dass wir nur ein Jahr hier bleiben würden, hatten wir uns bewusst eine teilmöblierte Wohnung ausgesucht. Sicherheitshalber war ich gerade dabei, das ebenfalls vorhandene Geschirr und Besteck vor dem ersten Benutzen abzuwaschen.

„Wollen wir heute Abend gleich mal unsere Bar an der Ecke ausprobieren?", fragte Maite, während wir die letzten Reste unserer Kofferinhalte in den Schränken verstauten.

„Klar! Ich glaube, das haben wir uns wohl verdient. Ich könnte jetzt auch ein Bierchen gebrauchen."

Kurze Zeit später verbrachten wir also unseren ersten gemeinsamen Abend in Madrid vor der Bar in unserem Barrio. Ich beobachtete fasziniert, wie einzelne Anwohner ihre zugeparkten Wagen befreiten, indem sie die davor stehenden Fahrzeuge einfach zur Seite schoben.

„Die Autos werden oft ohne angezogene Handbremse stehen gelassen", hatte mir Maite erklärt. „So gibt es mehr Platz zum Parken, weil man die anderen ja ruhig zuparken kann. Wenn jemand wegfahren will, kann er das Auto dann einfach wegschieben."

Das klang einleuchtend. Wenn man keine Angst hatte, dass das eigene Auto wegen der Steigung weg rollt. Oder, dass sich jemand einen Scherz macht und es irgendwo hinschiebt. Man merkte in solchen Augenblicken, dass mir die südländische Leichtigkeit noch fehlte.

„Und wenn das mit dem Schieben nicht klappt?", fragte ich. „Weil ich zum Beispiel zu schwach bin oder da noch andere Autos im Weg stehen?"

„Dann musst du einfach hupen, dann kommt der Besitzer schon raus."

Zumindest bestand hier offenbar keine Gefahr, einen Strafzettel wegen des Hupens zu bekommen.

Als die erste Portion Tapas mit einem kühlen Bier vor mir stand, merkte ich, dass ich innerlich angekommen war. Voller Vorfreude auf diesen neuen und spannenden Lebensabschnitt genossen wir diesen ersten Freitagabend in unserem neuen Leben.

17

„Wir waren gestern gar nicht mehr einkaufen", bemerkte ich am nächsten Morgen beim Blick in den leeren Kühlschrank.

„Das macht nichts, dann frühstücken wir im Café um die Ecke."

Das war eine gute Idee, dachte ich. Jetzt ein schönes und ausgiebiges Frühstück mit allem Drum und Dran.

„Was gibt es denn hier alles?", fragte ich erwartungsvoll, während Maite mit mir in das Café ging.

„Na, dasselbe Frühstück wie fast überall."

„Und was gibt es fast überall?"

„Ein süßes Teilchen und einen Café. Und wenn du willst, sogar einen Orangensaft."

Sie meinte das scheinbar wirklich ernst. Und tatsächlich kam der Kellner, um uns drei süße Teilchen zur Auswahl anzubieten. Ich würde mir für zu Hause erstmal einen ordentlichen Vorrat an Müsli und Aufbackbrötchen anlegen müssen.

Nach diesem vorgezogenen Kaffeetrinken am Morgen fuhren wir mit der Metro in ein Möbelgeschäft. Uns fehlten doch noch einige Sachen in unserer Wohnung. Gerade mit Sitzgelegenheiten waren wir ziemlich dürftig ausgestattet und wir würden mit Sicherheit des Öfteren Besuch in unserer Zeit in Madrid kriegen.

Nachdem wir die notwendigsten Möbel gefunden und eine nicht ganz preiswerte Lieferung zu uns nach Hause vereinbart hatten, konnten wir endlich in Ruhe einen genaueren Blick auf Madrid werfen.

„Das ist aber ganz schön laut und wuselig hier", rief ich Maite über den Straßenlärm hinweg zu. „Dagegen ist Hamburg ja gar nichts."

Nun muss man sagen, dass wir uns an einem Samstag an einer großen Hauptverkehrsstraße mitten in der Stadt aufhielten.

„Ist halt Madrid", rief Maite zurück. „Sollen wir lieber in einen Park gehen?"

„Ja, bitte!"

Zielsicher führte Maite mich zur nächsten Metro-station, so dass wir zum Retiro fahren konnten.

Der Retiro war ein riesiger mit Wegen, Wasser-flächen und Grünanlagen durchzogener Park mitten in der Stadt. An einem großen See sorgten Hand-trommler für die richtige Untermalung der Stim-mung. Ich wusste, hier würden wir öfter herkommen und Zuflucht suchen.

Wir verbrachten den Rest des Tages hier. Ich spürte, dass mir die Ruhe nach den ganzen Eindrü-cken vorher gut tat. Mehr brauchte ich für heute nicht.

Als wir die Stille des Parks gegen Abend wieder verließen, freute ich mich schon auf unser erstes Abendessen vor unserem offenen Innenhoffenster.

18

Nach nunmehr drei Wochen hatten wir uns weitgehend in unser neues Leben eingefunden.

Die wichtigsten Papiersachen waren erledigt. Sogar unser Telefon funktionierte schon. Das war gar nicht so selbstverständlich, weil wir ja beide in der Woche nicht zu Hause waren, um irgendwelche Techniker an unseren Anschluss zu lassen. Aber dafür hatten wir mit Fernando einen netten Hausmeister, der sich darum kümmerte.

Ich wollte mir gerade ein eigenes spanisches Konto einrichten. Die Miete konnte ich zwar auch aus Deutschland überweisen, aber bei der Einzugsermächtigung für das Telefon war eine deutsche Bankverbindung nicht möglich. Und bei dem Gedanken, alles über Maites Konto laufen zu lassen, fühlte ich mich nicht wohl.

„Ihr habt hier wirklich alle zwei Nachnamen, oder?", fragte ich, während ich grübelnd auf die Maske für die Erfassung meiner Kundendaten blickte. Da saß ich nun mit meinem einen Nachnamen vor diesen beiden Feldern, die gefüllt werden mussten.

„Und wenn du bei beiden Feldern denselben Namen einträgst?", schlug Maite vor.

Ob das erlaubt war wusste ich zwar nicht, aber einen Versuch war es wert. Ich war jetzt also bei meiner ersten spanischen Bank als Jan Stocker-Stocker bekannt.

„Das ist echt schön hier", sagte ich, als wir diesen Nachmittag wieder einmal im Retiro gelandet waren. Wir hatten unseren Picknick-Korb unter dem Arm und wanderten zielstrebig zum Verleih für Ruderboote. Was die Alster konnte, konnte der Retiro schließlich schon lange.

„Setz du dich mal ans andere Ende, ich rudere", sagte ich ganz wie sich das gehört.

„Solange wir nicht wieder irgendwo in den Büschen landen wie in Hamburg", schmunzelte Maite.

„Das ist unfair. Da konnte ich doch nichts dafür, dass uns dieser dicke Dampfer damals in die Büsche gedrängt hatte."

Wir mussten beide lachen.

„Wie findest du denn unser neues Leben?", fragte Maite, offenbar besorgt wegen meiner neu dazugekommenen Belastung durch das Reisen.

„Super! Das ist, als wenn man jedes Wochenende Urlaub hat. Vielleicht sollte ich das mit dem Reisen gar nicht aufgeben, wegen des Urlaubsgefühls und so."

„Das meinst du jetzt nicht ernst, oder?"

„Natürlich nicht", lachte ich.

An Maites Reaktion merkte ich, dass ich den vollständigen Umzug nach Spanien besser nicht in Frage stellen sollte. Sie hatte natürlich Recht damit. Ein dauerhaftes Pendlerleben konnte nun wirklich nicht das Richtige für ein noch immer frisch verliebtes Paar sein.

Meine Gedanken glitten so vor sich hin. Das Gleiche schien gerade auch für unser Boot zu gelten.

„Vorsicht!", hörte ich Maite rufen und böse Erinnerungen an meinen Sturz ins Wasser in Hamburg wurden wach. Das kam davon, dass ich beim Rudern ja nicht sehen konnte, wo ich hinfuhr.

Mit ein wenig Panik in den Augen drehte ich mich um. Und hatte in dem Moment auch schon das Paddel eines Familienvaters am Kopf, der sich und seine Kinder vor meinem Boot zu schützen versuchte. Zumindest blieb mir diesmal der Kontakt mit dem Wasser erspart.

„Tut es stark weh?", fragte Maite in einer verdächtigen Mischung aus echtem Mitleid und echter Schadenfreude. Ich musste aufpassen, mir nicht den dauerhaften Ruf eines Tollpatsches zu verdienen.

19

Unser Leben als Dauerpendler wurde immer mehr zur Normalität. Die Wochenenden kamen uns jedes Mal sehr kurz vor, dafür waren sie aber umso intensiver. Weil Maite während der Woche in León studierte und ich in Hamburg arbeitete, lernten wir natürlich keine Menschen in Madrid kennen. Dadurch hatten wir das Wochenende ganz für uns.

Unsere Hamburger Mitbewohner spürten unsere Einsamkeit am Wochenende wohl und beschlossen deshalb, uns in Madrid zu besuchen. Vermutlich hatte ich zu viel von meinem spannenden Leben hier vorgeschwärmt.

„Dann sucht euch mal den Platz für eure Iso-Matten", schlug ich vor, nachdem wir die Begrüßung in unserer Wohnung abgeschlossen hatten. „Das könnte ein bisschen eng werden, aber ich hätte auch nie gedacht, dass ihr tatsächlich zu viert kommt."

Offenbar verstanden meine Männer und Maites Mädels sich mittlerweile so gut, dass sie auch in Hamburg immer mehr zusammen unternahmen. Wer hätte das gedacht?

„Wollen wir das mit den Schlafplätzen nicht

nachher machen?", fragte Fred. „Die Mädels waren schon den ganzen Weg hierher aufgekratzt, dass wir heute Abend in Madrid losziehen können. Und es ist ja schon nach acht Uhr."

„Da mach dir mal keine Sorgen", lachte ich, „hier ticken die Uhren etwas anders. Wir haben noch mindestens zwei Stunden Zeit."

Die Mädels freuten sich über diesen Hinweis, so konnten sie schließlich erstmal in Ruhe ein bisschen quatschen. Bei meinen Jungs hingegen sah ich ein wenig die Panik aufsteigen, weil sie merkten, dass das wohl eine sehr lange Nacht werden könnte. Nix mit um eins im Bett sein und sich von der langen Reise erholen.

Wie befürchtet wollten Elena und Mari unbedingt in eine echte Salsa Bar in Madrid gehen, um den Vergleich zu Hamburg zu haben.

„Au ja, das ist eine gute Idee", stimmte Ulf zu.

Was war denn jetzt los?

„Wir sind in Hamburg jetzt jeden Freitag beim Salsa", erklärte Fred, um meinen etwas verständnislosen Blick zu beantworten. „Das macht richtig Spaß."

Das war also ihr neues Hobby am Wochenende, von dem sie mir nie Näheres erzählen wollten. Meine Freude über den Besuch unserer Freunde bekam schon jetzt einen leichten Dämpfer. Salsa. Gar nicht gut!

Es kam, wie es kommen musste. Die Vier hatten wirklich zusammen geübt. Klar fielen sie unter den ganzen Spaniern hier trotzdem noch auf der Tanzfläche auf, aber bei weitem nicht so stark wie ich.

„Warum geht ihr an den Wochenenden denn nicht zum Tanzen?", fragte Fred. „Ihr sitzt doch hier schließlich an der Quelle."

„Das lohnt doch nicht für die paar Monate, die wir noch in Madrid sind."

An Freds Blick merkte ich, dass das ein wirklich schlechtes Argument war. Schließlich würde Madrid noch für mindestens acht Monate unsere Heimat sein.

Wie hatten sich meine Jungs verändert…

20

Alle hatten schließlich gegen fünf Uhr morgens in unserer Wohnung einen Platz für ihre Iso-Matten gefunden. Man konnte aus Platzmangel zwar nicht mehr so richtig laufen, aber das war nachts ja auch nicht nötig.

Einzig die Luft war etwas unangenehm. Sechs Erwachsene verbrauchen doch ganz schön viel Frischluft über Nacht. Vor allem, wenn sie vorher mit viel Alkohol und Knoblauch in Kontakt gekommen sind.

Nach einem sehr späten und sehr langen Frühstück absolvierten wir das volle Programm an Sehenswürdigkeiten. Wie überall war Besuch ein willkommener Anlass, alle die Attraktionen der eigenen Stadt aufzusuchen, zu denen man sonst eigentlich nie ging. Das war in Hamburg damals nicht anders gewesen.

„Das ist ja toll hier. Der ist ja größer als der Stadtpark im Hamburg", hörte ich Ulf sagen, als wir vor dem Lärm der Stadt in den Retiro geflohen waren.

„Und der See hier ist auch eine ganze Nummer größer", erwiderte ich stolz. So langsam begann ich mich mit dieser Stadt zu identifizieren.

„Aber heute keine Bootsfahrt. Nicht, dass du wieder was an den Kopf bekommst."

Der Spruch von Maite war gemein. Und so wie Elena und Mari gerade ihr Lachen unterdrückten, hatte sie ihnen gerade eben von meinem Missgeschick hier erzählt.

„Ein Spanier hat mich angegriffen", sagte ich auf die fragenden Blicke von Fred und Ulf. „Aber ich bin ruhig geblieben und habe das natürlich total souverän gelöst. Ist hier schon manchmal ein bisschen gefährlich in Madrid, das ist nicht für jeden was."

Man konnte Maite richtig ansehen, dass sie dazu etwas sagen wollte und nur noch nicht wusste was genau.

„Aber lasst uns lieber nicht darüber reden. Da hinten können wir ein Bierchen trinken, kommt mal mit." Um dem Thema gar keine weitere Chance zu geben, lief ich ohne zu zögern auf den kleinen Kiosk zu, auf den ich eben gezeigt hatte.

Auch ohne mich umzudrehen konnte ich dem Prusten hinter mir entnehmen, dass jetzt auch meine Jungs die wahre Story erfahren hatten.

Wir verbrachten diesen Samstagabend ruhiger als den Tag davor. In der Bar neben unserer Wohnung saßen wir auf kippeligen Aluminiumstühlen vor einem Berg verschiedener Tapas.

„Wahnsinn, wie ihr hier mitten im Leben wohnt", schwärmte Fred. „Das ist jetzt schon richtig spät und euer ganzes Viertel läuft hier inklusive Kleinkindern noch auf der Straße rum. Irre."

Ja, dachte ich, das ist was ganz Besonderes hier.

Am späten Nachmittag des nächsten Tages begleiteten wir unsere vier Gäste bis zum Flughafen. Man merkte ihnen die Belastung aus der Anreise, den intensiven Tagen und den noch intensiveren Nächten, deutlich an. Sie wirkten alle ziemlich fertig.

Offenbar ließ dadurch ihre Konzentration ein wenig nach. Denn nun hielten sich Fred und Elena beim Gehen im Arm und Ulf und Mari konnte man deutlich beim Händchen halten beobachten. Etwas, dass wir das ganze Wochenende über nicht von ihnen gesehen hatten. Scheinbar wollten sie nicht nur ihre heimlichen Salsa Kurse vor uns verheimlichen.

Wir sprachen sie bewusst nicht darauf an.

21

Es war Winter geworden und Maites Warnung, dass es in Madrid kalt werden konnte, sollte sich bewahrheiten. Wir hatten tagsüber ungefähr drei Grad und ich war froh, dass es nicht zusätzlich schneite. Froh auch deshalb, weil ich vermutete, dass hier nur die wenigsten Winterreifen aufgezogen hatten. Und ich empfand den Straßenverkehr hier schon unter normalen Bedingungen als gefährlich genug. Zum Glück würden wir dieser Kälte gleich entfliehen.

Wir hatten eine Woche zusammen frei und wollten diese nicht einfach nur in Hamburg oder Madrid verbringen, sondern mal wieder einen richtigen Urlaub machen.

Maite wollte gerne auf die Kanaren, um etwas Sonne und Wärme abzubekommen. Ich hatte aber herausgefunden, dass um diese Zeit Mallorca ein absolutes Schnäppchen war. Also hatte ich eine Woche Halbpension in einem fünf Sterne Hotel auf

Mallorca gebucht. Für denselben Preis, den wir auf den Kanaren für zwei Sterne ohne Verpflegung gezahlt hätten.

„Ist ja doch ganz schön frisch hier", stellte ich erstaunt fest, als wir den Flughafen verließen. Ich schien auch der Einzige mit kurzer Hose zu sein. Verständlich bei gefühlten zehn Grad und recht frischem Wind.

„Ich habe dir doch gesagt, dass Mallorca im Winter auch richtig kalt sein kann."

„Ja, aber so kalt, das hätte ich jetzt nicht gedacht."

Zumindest schimpfte sie nicht mit mir. Aber ihre Enttäuschung war deutlich sichtbar.

Nachdem uns der Bus in unserem Hotel in Paguera abgesetzt hatte, bestaunten wir unser Zimmer.

„Da sieht man schon, dass man fünf Sterne gebucht hat, oder?", sagte ich stolz. Ich wusste, das war eine gute Idee mit Mallorca.

„Aber ganz schön frisch und viele Wolken", jammerte Maite ein wenig.

Das würde sich schon legen.

Da wir recht spät gelandet waren, gingen wir gleich runter zum Abendessen. Wir wollten nicht die Letzten sein, um nicht nur noch die Buffet-Reste abzubekommen. Das kennt man ja von Pauschalreisen. Aber diese Sorge stellte sich hier als unbegründet heraus.

Es war wirklich alles an gutem Essen zu finden, was man erwarten konnte. Nicht, dass ich das beurteilen könnte. Ich war ja eher der Experte für Pizza und Pils. Aber schon wie das alles angerichtet war, sah toll aus.

„Hier gibt es ja sogar Langusten und Krebse", freute sich Maite.

Da hatte ich ihr wohl wirklich etwas Gutes getan. Nur für mich sah es etwas trauriger aus.

„Aber Pizza scheint es nicht zu geben", stellte ich traurig fest.

Und während Maite richtig zu schlemmen anfing, hielt ich mich an einem Bier fest. Auf dem Teller vor mir hatte ich ein bisschen Brot und ein paar Kroketten.

Die Woche zog sich in die Länge. Das Hotel war super und hatte auch diverse Angebote für Sport und Wellness. Aber das Wetter war wirklich ziemlich grau. Für die zwei Grad mehr als in Hamburg hätten wir nicht herkommen müssen.

Dazu kam, dass das scheinbar allen anderen Touristen klar gewesen war. Wir waren nämlich weitgehend alleine im Ort unterwegs. Fast alle Restaurants hatten über den Winter dicht gemacht und nur ein paar ganz hartgesottene Wanderer sah man ab und zu in den Wanderwegen der Umgebung verschwinden.

„Das machen wir aber nicht noch einmal, zumindest würde ich dann nicht mitkommen", fasste Maite ihre Eindrücke auf der Rückreise im Bus zusammen.

„Natürlich nicht. Ich weiß gar nicht, wer uns auf so eine blöde Idee gebracht hat. Mitten im Winter nach Mallorca zu fliegen. So ein Blödsinn", raunzte ich.

Sie schaute mich etwas wütend an, wurde aber zum Glück nicht wirklich böse mit mir, sondern konnte darüber lachen.

22

Obwohl es mir vorkam, als ob wir erst vor wenigen Wochen nach Madrid gezogen waren, näherte sich unsere Zeit hier bereits wieder dem Ende. Maites Studium würde noch drei Monate dauern und dann könnten wir endlich in unsere Traumstadt Barcelona umziehen.

Wir hatten beschlossen, noch ein Wochenende bei ihrer Familie in Salamanca zu verbringen. Aus Barcelona wäre der Reiseweg schließlich deutlich länger und wer konnte schon wissen, wie oft wir diesen Weg auf uns nehmen würden.

Als ich Maite am Busbahnhof in Salamanca traf, war sie schon voller Vorfreude: „Ich freue mich total. Das ist schon so lange her, dass ich meine Familie gesehen habe. Ich bin ja jedes Wochenende in Madrid."

Wir hatten uns auf den Busbahnhof als Treffpunkt geeinigt, damit ich auf jeden Fall mit Maite zusammen bei ihrer Familie auftauchen würde. Mein Spanisch war zwar mittlerweile wirklich gut, aber trotzdem fühlte sich der Familienkontakt mit Maite an meiner Seite besser an.

Als wir in der Wohnung ihrer Eltern ankamen, war der große Esstisch schon gedeckt. Die ganze Familie, inklusive der drei Brüder mit ihren Freundinnen, wartete schon. Die Begrüßung war so laut und emotional, dass ich mal wieder nicht viel mitbekam. Jeder nahm mich einmal herzlich in den Arm. Die Männer klopften mir zusätzlich anerkennend auf die Schulter. Carlos als Hausherr kniff mich sogar als Zeichen des Willkommens kurz in die Wange.

„Wir wollen morgen in unser Landhaus. Habt ihr Lust?", fragte Maites Mutter, während wir beim Essen waren. Sie hatte für mich extra eine Pizza gemacht - leider mit Sardellen, die ich jetzt vorsichtig an die Seite legte.

„Da war ich ja schon ewig nicht mehr. Können wir Grillen, dann lade ich noch ein paar Freunde ein?", fragte Maite.

Das mit den Freunden war grundsätzlich eine gute Idee, schließlich hatten wir Maites Pandilla auch schon ewig nicht mehr gesehen. Nach dem Essen zog sie sich also mit dem Telefon in den Flur zurück, um die Leute alle einzuladen. Der Haken an der Sache war, dass sie sich natürlich mit jedem Einzelnen festquatschte.

Der Abend gehörte also mir mit ihrer Familie alleine, während sie im Flur am Telefonieren war. Aber mit der immer geltenden Weisheit „Wenn nichts mehr hilft, hilft lächeln", überstand ich auch diesen intensiven Familienabend mit Bravour.

„Das ist ja eine richtige Party hier", stellte ich erstaunt fest, als wir am nächsten Nachmittag im Garten des Landhauses standen.

„Ja. Nur schade, dass die meisten so spontan nicht konnten."

Die meisten konnten nicht? Ich fand, dass der Garten mit der Familie plus ungefähr zwanzig von ihren Freunden schon sehr gut gefüllt war.

Das Landhaus stellte sich als massiv gebautes, nicht zu kleines Gartenhaus heraus. Es war eins von fünf Häusern, die hier standen. Einen richtigen Namen hatte der kleine Ort nicht. Wir schienen um diese Zeit die Einzigen zu sein, die im Ort waren. Vermutlich waren alle Häuser hier Wochenendhäuser.

Auf dem Rasen stand ein großer, provisorischer Tisch, an dem gut die Hälfte der Anwesenden Platz hatte. Die andere Hälfte stand um den Grill herum und wartete darauf, dass etwas für sie fertig wurde.

Gut gefüllt mit Bier und Wein genossen wir den Abend mitten in der Natur mit vielen netten Menschen. Vielleicht hätten wir doch nicht Barcelona als zukünftigen Lebensmittelpunkt auswählen sollen. Vielleicht war es genau das hier, was das Leben ausmachte. Eine Familie und viele gute Freunde, die alle in echt in der Nähe sind und nicht nur am Telefon.

Aber das war nun zu spät, die Weichen für Barcelona waren schließlich schon gestellt und unsere schöne Zukunft am Mittelmeer war schon in unseren Köpfen eingebrannt. Zumindest in meinem.

BARCELONA

23

Wir hatten uns wieder mal eine Woche Urlaub genommen. Genau diese eine Woche würden wir diesmal Zeit haben, um eine Wohnung in Barcelona zu finden. Es gab kein Zurück.

Unsere Wohnung in Madrid hatten wir frühzeitig gekündigt, die Schlüssel waren bereits übergeben. Unsere gesamten Möbel hatten wir bei einem Umzugsunternehmen einlagern lassen, somit waren wir derzeit wohnungslos. Wenn ich über diesen Umzugsplan nachdachte, merkte ich, dass ich offenbar doch schon eine ganze Menge mediterrane Leichtigkeit in mir haben musste.

Der günstige Preis unseres Hotels für diese Woche spiegelte sich gut in den offen liegenden elektrischen Leitungen und den dicken Staubschichten darauf wider. Und wie wir vor allem nachts merkten auch in der Dicke der Wände.

Der Abschied von Madrid war uns leicht gefallen. Die Stadt war zwar schön und voller Leben, aber irgendwie fehlte uns das Meer. Wir merkten den Unterschied schon beim Atmen. Die Lage am Mittelmeer führte zu einer angenehm warm-feuchten

Luft, die unwillkürlich eine Urlaubsstimmung aufkommen ließ. Das mochte natürlich auch daran liegen, dass wir jetzt Sommer hatten. Diese besondere Mittelmeer-Stimmung in Verbindung mit dem Charme der alten Gebäude begeisterte mich total.

Hier konnte ich mir die Zukunft zusammen mit Maite richtig gut vorstellen. Einen passenden Job zu finden, um das Pendlerleben aufzugeben, würde hier bestimmt kein Problem für mich sein. Und solange das noch nicht der Fall war, hatte Barcelona einen weiteren großen Vorteil zu bieten: Es gab eine direkte Flugverbindung ohne Zwischenstopp.

24

Nach unseren Erfahrungen mit der Wohnungssuche in Madrid fingen wir diesmal gleich professionell an.

Wir liefen also durch Barcelona und suchten in den einzelnen Barrios nach freien Wohnungen, indem wir die Häuserwände nach Schildern absuchten und jeden ansprachen, der nicht schnell genug entkommen konnte. Neu bei der Suche nach Vermietungsschildern war, dass wir hier nicht nur nach dem bekannten „alquiler", sondern auch nach der katalanischen Entsprechung „lloguer" Ausschau halten mussten.

„Ich glaube, das ist hier einfach nicht meine Gegend", sagte ich, als wir mitten in der Stadt an einer gut befahrenen Straße auf der Suche waren. „Wir sind doch hier, um am Meer zu wohnen. Das ist von hier oben doch viel zu weit weg. Ich habe das Wasser ja noch nicht einmal aus der Nähe gesehen, seit wir hier angekommen sind."

Maite dachte kurz nach. „Ich wüsste schon ein Barrio, das dir gefallen würde. Das wird aber nicht ganz billig."

„Egal, lass uns zumindest mal was anschauen, was mir gefallen könnte."

In der Metro erklärte mir Maite ein wenig, was ich gleich sehen würde.

Wir stiegen an der Station Vila Olímpica aus. Das gleichnamige Viertel war zu den olympischen Spielen 1992 in Barcelona als Unterkunft für die Sportler gebaut worden. Es lag direkt am Olympischen Hafen und den dazugehörigen Stränden.

Das war schon eher meine Welt. Es war hier zwar auch laut durch den Verkehr, aber die Gebäude waren mit großzügigen Grünanlagen angelegt und wir wären in wenigen Schritten direkt am Meer. Ich konnte mir kaum vorstellen, dass dieser ganze Bereich früher ein Industriegebiet gewesen sein sollte.

Mir war sofort klar, dass wir den Rest der Woche über nur hier suchen würden. Etwas anderes kam für mich nicht mehr in Frage.

Die erste Ernüchterung ließ jedoch nicht lange auf sich warten.

„Die Preise sind hier wirklich ganz schön hoch. Ich glaube mit Terrasse und Meerblick wird das hier nichts werden", stellte ich etwas unglücklich fest.

„Aber ein paar erschwingliche Wohnungen gibt es schon. Schau doch mal hier."

Wir standen gerade vor einem der vielen Immobilienbüros in der Gegend und durchsuchten die Aushänge im Schaufenster. Was Maite gesehen hatte sah wirklich ganz okay aus, auch wenn auf den Bildern die genaue Lage nicht zu erkennen war. Aber immerhin waren die Bilder hier aussagekräftiger als in einigen Anzeigeblättern, in denen das einzige Bild oft nur aus einer schlecht fotografierten Küchenzeile bestanden hatte.

Yolanda wusste die genaue die Lage der Wohnung.

Yolanda war ungefähr in unserem Alter, recht sportlich und die Besitzerin des Immobilienbüros. Ich hatte mich mittlerweile daran gewöhnt, dass auch Unbekannte in Spanien geduzt werden. Zumindest, wenn sie nicht deutlich älter oder der Vorgesetzte sind.

Yolanda führte uns also zu der Wohnung. Voller Erwartung folgten wir ihr. Die Wohnung war nur drei Straßenecken vom Meer entfernt.

„Das geht wirklich nicht", brachte ich meine Entrüstung zum Ausdruck, nachdem wir gerade einmal zehn Minuten in der Wohnung waren.

„So schlecht ist sie jetzt auch nicht."

„Nein Maite, das kann ich nicht. Nicht mal, wenn die Wohnung nicht so teuer wäre."

Jetzt war klar, warum es so wenige Fotos von der Wohnung im Schaufenster gegeben hatte. Die Fenster waren winzig, die meisten zudem zum Innenhof. Die Sonne würde nicht mal im Hochsommer ihren Weg hier hinein finden.

Der Zustand der Einrichtung brachte in mir das Verlangen hoch, einen Sperrmüllcontainer zu bestellen. Die meisten Türen der Küchenschränke und sogar einige Innentüren hingen nur noch halb an den Scharnieren.

Das Schlimmste aber war die Eingangstür zur Wohnung. Diese lag leider so, dass sie kaum von anderen Mietern einsehbar war. Das war wahrscheinlich der Grund, warum ich an mindestens fünf verschiedenen Stellen Spuren von Einbruchsversuchen erkennen konnte. Einige dieser Versuche schienen sogar erfolgreich gewesen zu sein.

Selbst wenn es mich nicht stören würde, hier könnte ich doch Maite niemals während der Woche alleine lassen. Niemals.

Wir beendeten unseren ersten Tag der Suche erfolglos. Unsere Beine waren schwer und wir waren durch das viele Laufen so müde, dass wir die zweite Nacht in unserem etwas lauten Hotel sicherlich ohne Probleme durchschlafen würden.

Aber vorher gönnten wir uns noch ein Abendessen mit Blick auf das Meer. Das hatten wir uns nach dem heutigen Tag wirklich mehr als verdient.

„Wir schaffen das schon", sagte ich. „Die Woche ist noch lang und zur Not wird es eben etwas teurer als geplant. Aber schau mal, wie schön das hier ist. Das wird toll, wenn wir erstmal richtig hier wohnen."

Maite lächelte mich erschöpft an.

Müde und irgendwie trotzdem glücklich schauten wir über das mittlerweile dunkle Meer, auf dem in der Ferne die Lichter der Kreuzfahrtschiffe leuchteten. Vor Maite wartete eine leckere Goldbrasse, vor mir eine sicherlich noch leckerere Pizza.

25

Die nächsten beiden Tage verliefen ähnlich frustrierend wie der erste. Das lag auch daran, dass die Anzahl freier Wohnungen im Vila Olímpica scheinbar sehr beschränkt war.

Natürlich gab es die fantastischen Wohnungen, von denen wir träumten und in die wir sofort eingezogen wären. Groß, modern ausgestattet, mit Terrasse und Meerblick. Aber diese Wohnungen hatten auch fantastische Preise.

Und dann fanden wir sie. Am vierten Tag unserer Suche hatten wir endlich Glück. Die Wohnung hatte zwar keinen Balkon, war aber im fünften Stock mit bodentiefen Fenstern und einem tollen Blick über die ganze Stadt. Aus dem Schlafzimmerfenster konnte man seitlich gerade noch das Meer und die beiden Zwillingstürme am olympischen Hafen sehen. Und der Strand war nur 200 Meter und eine Straßenüberquerung entfernt. Perfekt.

„Kannst du mir das nochmal übersetzen? Ich glaube, ich habe nicht genau verstanden, wieviel Kaution sie will."

Wir standen gerade voller Glück über unseren Treffer mit der Vermieterin zusammen und besprachen die Einzelheiten zum Mietvertrag.

„Fünf Monatsmieten", sagte Maite und schaute dabei selbst ein wenig ungläubig. „Aber das ist ja nur eine Kaution, die kriegen wir ja beim Auszug wieder."

Da mochte sie Recht haben. Trotzdem musste das Geld erstmal irgendwo herkommen. Mein Kontostand war durch die vielen Flüge nicht gerade gestiegen in der letzten Zeit. Egal. Das würde schon irgendwie gehen.

„Können wir machen", sagte ich also unserer

neuen Vermieterin.

Diese sagte daraufhin lächelnd: „Und die Garage muss auch noch mit in den Vertrag aufgenommen werden."

Ich schaute sie etwas verständnislos an. Was für eine Garage, wir hatten doch gar kein Auto hier.

„Die Garage ist Pflicht, die muss mit der Wohnung übernommen werden."

Meine Geduld näherte sich dem Ende.

Aber ich merkte, dass Maite diese Wohnung unbedingt haben wollte. „Die Garage können wir doch wieder vermieten, dann wäre das doch egal", schlug sie vor.

Soviel Optimismus. Für den Preis mussten wir erstmal einen Mieter finden. Aber es gab zwei Gründe, die mich zwangen zuzustimmen.

Der eine Grund war, dass wir keine Zeit mehr hatten. Es waren jetzt nur noch drei Tage, an denen wir weitersuchen könnten. Und die vergangenen Tage hatten mir die Hoffnung genommen, dass wir viel anderes finden würden. Vor allem nichts, was direkt frei wäre, so dass wir diese Woche noch einziehen könnten.

Der zweite Grund war, dass ich Maite nicht enttäuschen wollte. Dafür gab sie mir zu viele Signale, dass es diese Wohnung sein sollte.

„Gut, wir nehmen sie trotzdem."

Ich konnte Maite die Erleichterung förmlich ansehen. Ich selbst merkte auch, dass mir ein Stein vom Herzen fiel, jetzt nicht mehr ohne Wohnung dazustehen.

26

Gleich am nächsten Tag legten wir los.

Noch war die Wohnung schließlich leer und damit leicht zu streichen.

„Wie sollen wir das denn alles nach Hause kriegen?", fragte Maite mich mit einem skeptischen Blick auf den ganz schön vollen Einkaufswagen.

„Die Bushaltestelle ist ja direkt vor dem Laden. Und die paar Meter nachher bis zu unserer Wohnung werden wir wohl auch noch schaffen", beruhigte ich sie.

Wobei ich beim Anblick der beiden großen 12,5 Liter Farbeimer und der ganzen anderen Sachen in unserem Einkaufswagen doch ein wenig ins Nachdenken kam.

„War doch ein bisschen viel, oder?", lächelte mich Maite mit einem „hab ich doch gleich gesagt" Blick an, während sie mir die Wohnungstür aufhielt. Ich war schweißgebadet. Schwere Farbeimer passen eben nicht zu hohen Temperaturen in Verbindung mit hoher Luftfeuchtigkeit.

Nachdem wir alles abgedeckt und abgeklebt hatten, fingen wir endlich mit dem Streichen an. Ich war mit einer auf einen Besenstiel gesteckten Farbrolle für die Decken zuständig, Maite für die bodennahen Arbeiten.

„Das ist wohl nicht die beste Farbe, oder?", stellte ich nach kurzer Zeit fest.

Da war kaum Deckkraft vorhanden. An den Stellen, an denen die Farbe schon angetrocknet war, konnte man deutlich die orange Schwammtechnik des Vormieters erkennen.

„Macht nichts, Jan, wir haben doch Zeit."

Das mochte stimmen, aber hatten wir bei gefühlten dreißig Grad auch Lust?

Nach der dritten Farbschicht gab die Schwammtechnik langsam auf und uns strahlte jetzt eine hellgelbe Wand an. Der unter dem Voranstrich eingetrocknete Marienkäfer in der Ecke, der vorher unter der orangen Schwammtechnik gefangen war, würde sich auch über seine neue Farbe freuen.

Nach zwei Tagen waren wir schließlich in den beiden Zimmern, die es am nötigsten hatten, mit dem Streichen fertig. Jetzt konnten wir uns Gedanken über die Lampen machen.

„Komisch, dass hier gar kein Lampenkabel an der Decke rauskommt."

Stimmt, da hatte Maite recht. Immerhin war das hier das Wohnzimmer, der größte Raum der Wohnung. Kritisch musterte ich die Decke. Ungefähr in der Mitte gab es eine Stelle, wo der Putz nicht ganz gleichmäßig zu sein schien.

„Gib mir mal einen Schraubenzieher."

Ich stieg auf die Trittleiter und fing an, im Putz zu stochern.

„Guck mal, die haben hier tatsächlich..." Peng!

Gut, dass auch hier die Schutzschaltungen zu funktionieren schienen. Wenn schon stochern, dann besser vorher die Hauptsicherung rausmachen.

„Ist dir was passiert, Jan?"

„Nein, das mache ich dauernd", erwiderte ich noch leicht unter Schock.

Die Möbel konnten jetzt kommen, wir waren bereit zum Einzug.

27

Wir waren in unserer neuen Heimat angekommen und genossen den Sommer.

Durch die direkten Flüge dauerte die Reise nur noch fünf Stunden. Meinen Chef konnte ich überzeugen, dass ich schon freitagsmittags Richtung Flughafen verschwinden durfte, um rechtzeitig nach Hause zu kommen.

Unsere normalen Wochenenden starteten in der Regel mit einem Abendessen in einem der Restaurants in unserer Straße. Oft saß ich schon mit einem

Bierchen dort auf einer der Terrassen und wartete, dass Maite von der Arbeit dazu kam. Es hatte nur sehr kurze Zeit gedauert, bis sie hier einen Job gefunden hatte. Das entlastete unsere finanzielle Situation natürlich erheblich.

Nach dem Essen ging es freitagsabends an den Strand, um die Abendstimmung der kleinen Strandkioske zu genießen.

Die Samstage begannen meistens mit einem ausgiebigen Frühstück zu Hause. Ich hatte die Enttäuschung des Versuchs außer Haus zu frühstücken schließlich noch aus Madrid in Erinnerung.

Danach wurde gründlich Sonnencreme aufgetragen. Mit klebriger Haut ging es dann an den Strand vor unserer Haustür. Hier wurde der restliche Samstagvormittag mit Liegen, Lesen und Schwimmen verbracht. Gegen 13 Uhr kam in der Regel langsam der Hunger auf. Das war dann für uns das Zeichen, in einem der nahen Lokale ein „menú del día", also schlicht ein Tagesmenü, zu bestellen.

Die Entdeckung der spanischen Tagesmenüs war ein echter Höhepunkt in meinem Leben. Eigentlich war das Menú del Día eher unter der Woche als Mittagstisch für arbeitende Menschen gedacht. Oft hatten wir aber das Glück, dass es auch abends oder am Samstag solche Menüs gab, wenn auch ein paar Euro teurer. So ein Menü beinhaltete normalerweise ein Getränk, eine Vorspeise, eine Hauptspeise und einen Nachtisch zur Auswahl. Oft noch ein bisschen

Brot oder Oliven vorne weg und einen Kaffee hinterher. Wir lernten schnell, dass wir auf diese Weise mit zehn bis fünfzehn Euro pro Person wirklich gut essen konnten.

Nach einem zweistündigen Essen und jeweils einer halben Flasche Wein waren wir genau in der richtigen Stimmung, uns wieder am Strand nieder zu lassen. Zumindest so lange, bis wir uns zum Abendessen aufraffen mussten, um im Nachgang wieder die Stimmung am Olympischen Hafen mit seinen vielen Sportschiffen, Diskotheken und Strandkiosken zu genießen.

Diese immer ähnlichen Wochenenden fühlten sich herrlich nach Urlaub pur an.

Die traurigen Tage waren die Sonntage. Schon beim Aufstehen war klar, dass der Tag kurz werden würde, weil am frühen Nachmittag der Flieger ginge.

Nach einem in der Regel tränenreichen Abschied machte ich mich sonntags viel zu früh mit meinem Rollkoffer auf den Weg zum Flughafen, während alle anderen um uns herum noch mitten in ihrem Wochenende waren.

28

„Das kann ich so nicht abnehmen".

Ich schaute den Handwerker unsicher an.

„Warum kannst du das nicht abnehmen, dafür bist du doch hier, oder? Um den Stempel für dieses Jahr auf die Gastherme zu kleben."

„Ja, aber das Abgasrohr hier ist doch völlig lose. Das sieht aus, als ob da jemand selbst rumgebastelt hat."

„Dann befestige es doch richtig", schlug ich vor. Das konnte doch nicht so schwer sein.

Wir waren an diesem Samstag extra früher aufgestanden, weil wir endlich einen Termin zur längst fälligen Abnahme der Gastherme bekommen hatten. Mit Gas soll man nicht spielen.

„Da müsst ihr leider einen Termin machen, damit jemand zum Reparieren kommt. Tut mir leid."

Und damit verabschiedete sich der Handwerker wieder und ließ uns mit der unsicheren Gasinstallation alleine. Na super!

Aber das sollte uns diesen schönen Spätsommertag nicht verderben. Nach einem ausgiebigen Frühstück schnappte ich mir meine nagelneuen Flip-Flops und verließ mit Maite unsere Wohnung Richtung Meer.

Maite hatte mich nach langem Kampf überzeugen können, dass man mich an der Kombination Sandalen mit Socken jederzeit als Tourist identifizieren würde. Das wollte ich natürlich nicht, egal wie bequem ich meine Socken-Sandalen fand. Im Nachhinein musste ich ihr dankbar sein. Die Flip-Flops sahen nicht nur elegant aus, ich kam aus ihnen natürlich auch viel bequemer rein und raus, wenn wir am Strand waren.

Wir breiteten unsere großen Strandlaken ungefähr drei Meter vom Wasser entfernt aus. Die drei Meter waren wichtig. Kurz nach der Mittagszeit kam immer ein Gezeitenwechsel und alle, die sich in dieser Sperrzone befanden, konnten dann ihr Hab und Gut aus dem Wasser fischen. Wir hatten diese Lektion in den ersten Wochen unseres Strandlebens hier gelernt. Aber mittlerweile waren wir Profis und konnten genau beurteilen, welche Touristen sich zu dicht an das Wasser getraut hatten und unseren Fotoapparat bereithalten.

„Mal gucken, ob es sauber bleibt", sagte Maite mit kritischem Blick aufs Meer.

Dieser Satz war einem leichten Unwetter geschuldet, das gestern durchgezogen war. Nach einem solchen sieht das Meer morgens oft noch ganz glatt und sauber aus, aber unter dem Sand ist dann viel ekelhaftes Zeug versteckt. Wahrscheinlich deshalb, weil Barcelona zwischen zwei Flüssen liegt und da

76

einiges aus dem Landesinneren angetrieben kommt. Mit dem Gezeitenwechsel kommt dann alles an die Oberfläche. Auch das hatten wir gelernt. Mein erster spontaner Kontakt mit gebrauchten Damenbinden, Tampons und nicht definierbaren Plastikfetzen war damals ganz schön fies gewesen. Aber jetzt waren wir ja Profis.

„Ich glaube, die Sorgen brauchen wir uns heute gar nicht machen.", grummelte ich.

Etwas weiter den Strand runter sah man Kinder mit Keschern glibberige kleine Häufchen aus dem Meer holen. Mit Feuerquallen wollte ich sowieso nicht ins Wasser gehen, dann wäre es auch egal, ob der Dreck hoch kommt.

„Das ist doch blöd so. Jetzt leben wir schon am Meer und können trotzdem nicht rein", klagte ich. „Und um Barcelona herum gibt es tolle Badeorte mit total sauberem Wasser. Mist!"

Der Haken war, dass diese Orte zwar einerseits nah, aber ohne Auto doch wieder nervig weit weg waren.

Sitges wäre mit dem Auto ungefähr eine halbe Stunde südlich von Barcelona. Der Ort bot herrliche kleine Gassen mit Geschäften zum Bummeln und flach abfallende Strände mit feinstem Sand.

Eine Autostunde nördlich begann mit Blanes die Costa Brava. Die Region war eher eine raue Schönheit, die Strände bestanden dort aus körnigerem Sand oder sogar Steinen. Dazwischen fand man

Steilküsten mit fantastischer Aussicht. Die Costa Brava reichte mit ihren teils malerischen Orten bis zur französischen Grenze hoch.

Wir hatten also das Paradies vor der Tür, kamen nur nicht vernünftig hin.

„Ich glaube, wir brauchen ein Auto. Eine leere Garage haben wir ja schon."

29

„Was hältst du von einem Kleinwagen?", schlug ich Maite vor. „Der schluckt nicht viel und da finden wir wenigstens einen Parkplatz. Am besten gebraucht. Dann ist es nicht so schlimm, wenn dem Kleinen beim Parken auf der Straße etwas passiert."

„Gebraucht?", fragte Maite unsicher. „Ich bin nicht sicher, ob das so einfach wird."

Natürlich sollte sie Recht behalten. Die typisch deutsche Angewohnheit, alle paar Jahre ein neues oder zumindest ein neues gebrauchtes Auto zu haben, schien hier nicht zu existieren. Die Fahrzeuge wurden gekauft und dann in der Regel auch bis zu ihrem würdevollen Ableben gefahren. Firmenwagen gab es hier offenbar auch nicht viele. Dadurch war der Markt für Gebrauchtwagen sehr überschaubar.

Wir bezogen also die Nebenorte in unsere Suche ein. Das war natürlich auch nicht so einfach, schließlich hatten wir ja noch kein Auto, um mal eben schnell in diese Nebenorte zu kommen.

Erschwerend kam hinzu, dass wir uns auf ein Automatikgetriebe geeinigt hatten. Einfach, um nicht durch das Schalten abgelenkt zu werden. Der Verkehr in Barcelona war doch herausfordernder, als ich es aus Deutschland gewohnt war. Das lag zum einen an der Verkehrsdichte, zum anderen kam es mir aber auch so vor, als ob hier mehr nach Gefühl gefahren wurde. Insbesondere bei den mehrspurigen Rotondas, den großen Kreisverkehren, konnte ich trotz intensiver Beobachtung kein richtiges System für mich erkennen.

„Schau mal, hier ist einer. Der könnte passen", rief ich freudig und schaute vom Bildschirm hoch zu Maite.

Hübsch, klein und rot sah er aus. Baujahr und Kilometerstand waren angegeben, was nicht selbstverständlich war und beide lagen in einem völlig akzeptablen Bereich.

„Sabadell ist aber schon noch ein ganzes Stück weg von hier. Da werden wir fast eine Stunde brauchen, um mit dem Zug hinzukommen", warnte Maite mich vor.

„Macht nichts, es ist ja nur die Hinfahrt. Zurück kommen wir dann ja mit dem neuen Auto."

30

„Ganz schön weit weg", murrte ich ein wenig vor
mich hin, als wir in Sabadell schon eine viertel
Stunde Fußmarsch hinter uns gebracht hatten. „Das
ist ja ein richtiges Industriegebiet hier, überall nur
Lagerhallen mit Rolltoren."

In einer dieser Lagerhallen fanden wir den Auto-
händler zu der Anzeige im Internet. Autos sahen wir
keine, aber das musste ja nichts bedeuten.

Ein etwas rundlicher, freundlich lächelnder Mann
mit wenigen Haaren kam auf uns zu.

„Ihr hattet wegen des roten Kleinwagens angerufen?", fragte er.

Dann schickte er einen Mitarbeiter los, der tatsächlich kurze Zeit später mit dem Fahrzeug aus der
Anzeige vorfuhr. Voller Vorfreude stiegen wir ein,
um eine Probefahrt zu machen. Gegen Hinterlegung
unserer Ausweise durften wir gemeinsam den kleinen Zweisitzer testen, während er die Papiere fertig
machte.

Er ließ sich wirklich flott fahren. Nur eine richtige Automatik schien das nicht zu sein, obwohl die ja
in der Anzeige versprochen wurde. Eher so eine
Halbautomatik, bei der man mit einem Handschalter
statt mit einem Schalthebel die Gänge wechseln

konnte.

Aber mir gefiel er, also fragte ich Maite: „Wollen wir den trotzdem nehmen? Das Fahren ist zwar nicht so schön wie mit richtiger Automatik, aber ansonsten stimmt mit dem Kleinen doch alles."

Wir warteten nach dem Ende der Probefahrt also, dass der Verkäufer die Papiere fertig machte. Er hatte mir seinen Drehstuhl angeboten. Maite saß mir gegenüber, auf dem Besucherstuhl. Auf dem Monitor war das Angebot für ein Auto der gleichen Marke aber mit einem anderen Baujahr zu sehen. Um die Zeit zu überbrücken, schaute ich mir das Angebot ein bisschen an.

Ich stutzte, irgendetwas passte hier nicht.

Und dann sah ich es, während der Verkäufer mir gerade den vorbereiteten Kaufvertrag zur Unterschrift vorlegte. Gut, dass ich vorher so viele andere Anzeigen im Internet verglichen hatte und mir dadurch dieser Fehler überhaupt auffallen konnte.

„Unser Auto kann doch gar nicht zu dem Baujahr passen, das in der Anzeige steht. Mit der Front muss das doch mindestens drei bis vier Jahre älter sein, als du geschrieben hast", sagte ich verwundert.

Er kramte etwas hektisch in den Papieren. Dann entschuldigte er sich: „Oh, das stimmt. Da muss ein Versehen passiert sein."

Er schaute mich erwartungsvoll an.

„Ja und? Wollt ihr es trotzdem?", fragte er schließlich, nachdem ich gar nichts sagte.

„Für welchen Preis denn?"

„Der Preis muss so bleiben, billiger kann ich nicht werden."

Das reichte. Keine Automatik, obwohl es in der Anzeige stand. Mindestens drei Jahre älter als angegeben. Der Wagen kam mir spanisch vor! Da waren mit Sicherheit noch andere Überraschungen versteckt.

Unglücklich über den Verlauf dieses Abenteuers und dem bevorstehenden langen Heimweg, verließen wir die als Geschäft getarnte Lagerhalle.

31

Natürlich ließen wir uns von so einer Kleinigkeit nicht unterkriegen.

Die nächsten Tage und Wochen durchforstete ich weiter jegliche Form von Internetseiten und Zeitungen, in denen gebrauchte Fahrzeuge angeboten wurden. Und der nächste Versuch sollte nicht lange auf sich warten lassen.

„Schau mal, hier ist wieder einer, der gut aussieht. Und auch in rot. Diesmal in Mataró."

Nach Mataró würden wir mit dem Zug eine gute halbe Stunde die Küste nach Norden hinauf brauchen. Aber für die Rückfahrt hätten wir ja bestimmt unser Auto. Ich war mir sicher, dass es diesmal klappen würde.

Schon als wir auf ein völlig normal aussehendes Geschäft mit verschiedenen Fahrzeugen im Schaufenster zuliefen, bestärkte sich mein Gefühl, dass wir diesmal Glück haben würden. Wieder war der Verkäufer ein kleiner, etwas rundlicher Mann. Aber dieser wirkte durch seine Brille und den etwas besseren Kleidungsstil gleich vertrauenserweckender, als der Verkäufer bei unserem letzten Versuch in Sabadell.

Diesmal prüfte ich das Fahrzeug gleich auf Herz und Nieren. Ich hatte alle Daten und die Bilder verschiedener Baujahre dieser Marke bei mir und vergewisserte mich, dass hier alles seine Ordnung hatte.

„Dein Mann ist Deutscher, oder?", fragte der Verkäufer Maite mit einem Schmunzeln.

„Ja, das merkt man, stimmt's?"

Beide lächelten sich wissend an. Als ob ich etwas Zwanghaftes hätte, unglaublich.

„Wie kommt es denn, dass der Wagen so günstig ist?", fragte ich mit kritischem Blick.

„Das liegt an der Gegend. Hier kann mit diesen kleinen Dingern niemand etwas anfangen. Die wollen alle die großen Geländewagen, damit sie damit zu Ihren Ferienhäuser auf das Land kommen."

Das leuchtete mir ein. Zum Glück mussten wir nicht in solche Landhäuser, sondern würden auf normal asphaltierten Straßen bleiben.

Mit laut aufgedrehtem Radio fuhren wir zufrieden mit unserem Kauf zurück nach Hause. Auch, wenn der Motor nur die Größe von zwei Schuhkartons hatte, schien das zügige Beschleunigen auf Tempo 130 kein Problem zu sein. Nun, dieser Kleinwagen wog ja auch nicht besonders viel.

„Vorsicht! Den musst du durchlassen!", schrie Maite auf, als mich ein Geländewagen fast von links von der Straße schubste.

Ich konnte gerade noch testen, dass die Bremsen wirklich gut funktionierten. Dann saß ich bleich und leicht zittrig auf meinem Sitz, während hinter uns wegen meiner Vollbremsung wild gehupt wurde.

„Was war denn falsch?", versuchte ich von Maite zu erfahren. „Ich dachte immer, dass mir in diesen Kreisverkehren nichts passieren kann, wenn ich die äußerste Spur nehme. Der kam doch eben von innen und hat mich geschnitten."

„Du musst halt mit Gefühl fahren", lächelte sie mich, ebenfalls etwas bleich geworden, an.

32

Das nächste Wochenende stand vor der Tür. Ich hatte mir die ganze Zeit während des Fluges nach Barcelona tiefgreifende Gedanken gemacht. Da wir nun schließlich ein fast normales Leben in Barcelona mit Wohnung und Auto führten, hatten wir eine gewisse Stabilität erreicht. Es wäre jetzt Zeit für den nächsten Schritt.

Im Flieger hatte ich mir alle möglichen romantischen Szenarien überlegt, wie ich Maite die große Frage offenbaren sollte. Jetzt zeigte sich, dass diese Überlegungen völlig unnötig waren. Ich musste meine Idee so schnell wie möglich loswerden, sonst würde ich platzen.

„Was hältst du davon, wenn wir heiraten?", fragte ich Maite, kaum dass ich meinen Rollkoffer in die Ecke gestellt hatte.

Ich war noch nicht einmal dazu gekommen, meine Jacke auszuziehen. Was raus musste, musste raus.

„Ich habe mir gedacht, dass wir doch sowieso für immer zusammen bleiben werden. Also könnten wir doch jetzt zumindest schon einmal standesamtlich heiraten. Auch, wegen der Steuer und so. Und für deine Eltern."

Sie schaute mich ein wenig verdattert an. Natürlich kannte Maite meine praktisch veranlagte Art, aber in ihrem Blick konnte ich erkennen, dass ein bisschen mehr Romantik hier gut getan hätte. Also ergänzte ich schnell: „Natürlich würden wir in Spanien heiraten, in deinem Geburtsort. Und die kirchliche Trauung holen wir dann in Ruhe nach. Die wird dann richtig groß."

„Das kommt ein bisschen plötzlich, oder?", fragte Maite ziemlich überrumpelt.

Ich nahm mir die Zeit, ihr meine ganzen Gedanken und die logische Schlussfolgerung daraus zu erklären. Ich konnte hier deutlich die Unterschiede zwischen einem praktisch veranlagten Mann und einer emotional veranlagten Frau merken.

Am Ende gelang mir die Beweisführung, dass Heiraten sinnvoll wäre. Wir beschlossen also, dieses nächste große Projekt anzugehen.

„Bist du denn sicher, dass das mit dem Nachholen der kirchlichen Hochzeit dann auch wirklich klappt? Ich möchte schon eine richtige Feier haben. Es wird ja schließlich meine einzige Hochzeit sein."

Den Wunsch von Maite nach einer richtigen Hochzeit konnte ich verstehen. Aber warum sollte das später nicht mehr klappen, das hatten wir ja schließlich selbst in der Hand.

„Klar, da mach dir mal keine Sorgen. Wenn nicht nächstes Jahr, dann eben übernächstes. Aber gemacht wird das auf jeden Fall."

Die Vorbereitungen konnten beginnen.

33

„So, meine Eltern wissen schon mal Bescheid", sagte Maite, als sie mit leicht erschöpft wirkendem Gesichtsausdruck den Telefonhörer auflegte. Die Erschöpfung konnte auch daran gelegen haben, dass sie zwei Stunden telefoniert hatte.

„Sie freuen sich. Aber dass wir erstmal nur den standesamtlichen Teil machen wollen finden sie komisch. Ich glaube, sie zweifeln daran, dass wir die Kirche wirklich noch nachholen."

„Und können sie den Termin bei der Stadt für uns anmelden und uns ein schönes Restaurant für danach besorgen?", fragte ich ohne auf das Zweifeln einzugehen.

„Ja, das machen sie gerne. Um die nötigen Papiere musst natürlich du dich kümmern."

Die „nötigen Papiere" würden es in sich haben. Ich hatte mich schon ein wenig im Internet schlau gemacht. Da ich kein Spanier war, wäre es nicht mit einem Personalausweis und einer beglaubigten Abschrift aus dem Geburtenregister getan. Neben einer Meldebescheinigung, dass wir in Barcelona lebten und einer internationalen Geburtsurkunde, sollte ich noch eine Ehefähigkeitsbescheinigung einreichen. Keine Ahnung wo ich die herbekommen sollte. Und wer würde es wagen, an meiner Fähigkeit zur Ehe zu zweifeln? Aber das würden wir schon schaffen, es waren ja noch zwei Monate Zeit.

Über den Familiennamen brauchten wir uns immerhin keine langen Gedanken zu machen. Maite hatte mir erklärt, dass in Spanien normalerweise jeder seinen Doppelnamen behält und die Namen der Kinder sich dann aus dem jeweils ersten Nachnamen des Vaters und der Mutter zusammensetzen würden. Die würden dann also Stocker-Fernandez heißen.

Es gab jetzt erstmal viel dringendere Sachen zu regeln, an die mich Maite erinnerte: „Wann wollen wir denn die Ringe aussuchen? Die müssen ja dann auch noch angepasst und graviert werden, das kann ein bisschen dauern."

Da hatte sie Recht. Damit hatten wir ein Programm für den morgigen Samstag.

Die Suche nach Ringen gestaltete sich schwierig. Entweder waren sie sehr teuer oder aus meiner Sicht sehr hässlich. Manchmal auch beides. Und unsere Geschmäcker gingen da auch wirklich weit auseinander. So standen wir nach einem langen Tag und einer nicht mehr zählbaren Anzahl von Geschäften immer noch ohne Ringe da.

Wir wollten von den Ramblas aus am Meer entlang zu Fuß nach Hause gehen und uns unterwegs mit einem schönen Abendessen in einem der Restaurants für den anstrengenden Tag belohnen. Am Ufer des Port Vell waren in der Abendstimmung wieder viele kleine Stände aufgebaut, in denen Handwerksarbeiten und anderes angeboten wurden. Müde vom langen Tag wollte ich das Thema abschließen und startete einen letzten Versuch der Verzweiflung.

„Schau mal, an dem Stand gibt es auch Ringe."

„Aber das sind doch so billige Urlaubsdinger für Touristen."

„Wollen wir nicht trotzdem mal schauen?", schlug ich vor und zog Maite näher an den Stand.

Die Ringe sahen wirklich ganz gut aus. Nicht das typische Gold, sondern dezenter. Und natürlich ungleich günstiger.

„Der hier sieht doch gut aus", sagte ich mit einem matten, silbernen Ring auf dem Finger.

„Du meinst das ernst, oder?"

„Klar, warum denn nicht? Es geht doch darum, dass die gut aussehen und nicht darum, dass die teuer sind, oder?"

Was sollte sie da sagen.

Als wir wenig später in einem Restaurant mit Blick auf den Hafen saßen, lagen unsere neuen Ringe in der Mitte des Tisches. Ich fand, sie sahen schön aus. Und was das Beste war, sie hatten genauso viel gekostet, wie unser Abendessen hier kosten würde. Wenn das nicht romantisch war.

34

Wir hatten unseren Hochzeitstermin in der zweiten Dezemberwoche. Die notwendigen Unterlagen hatte ich nach einigen Kontakten mit der Deutschen Botschaft rechtzeitig zusammen gekriegt. Um alles andere vor Ort hatten sich Maites Eltern gekümmert.

Es war kalt in Salamanca und überall lag eine dicke Schneeschicht. Anders war der Dezember in Deutschland auch nicht, aber ich war immer noch überrascht, dass es in Spanien so kalt sein konnte.

Wir waren für dieses Wochenende wieder bei Maites Eltern einquartiert. Alle in der Familie ließen sich gerne umquartieren, damit für uns ein Zimmer frei wurde. Schließlich war es unsere Hochzeit.

Weil es nur eine standesamtliche Trauung war, hatten wir nur sehr wenige Gäste vorgesehen.

Da war zum einen Maites Familie, weil die schließlich sowieso hier war und außerdem fast alles organisiert hatte. Dazu hatte Maite ihre beiden besten Freundinnen mit ihren Lebensgefährten eingeladen.

Ich hatte erst überlegt, ob ich meine Hamburger WG einladen sollte. Kam aber schließlich zu dem Ergebnis, dass das nicht fair wäre. Sie hätten die weite Reise ins kalte Spanien dann sicherlich nur auf sich genommen, um mir einen Gefallen zu tun. Das wollte ich ihnen nicht zumuten. Die gleiche Überlegung traf so natürlich auch auf meine Eltern zu. Also lud ich alle mehr oder minder diplomatisch aus und verwies auf die später stattfindende große, kirchliche Hochzeit, zu der dann natürlich alle kommen könnten.

„Jan hat wirklich niemanden eingeladen?", fragte Maites Mutter etwas verwundert.

„Nein, er wollte das niemandem zumuten", erklärte Maite. Wobei ich merkte, dass sie es eigentlich selbst nicht richtig verstand. Dabei war meine Überlegung doch völlig logisch.

„Wenn das so üblich ist in Deutschland", sagte Maites Mutter, „er muss ja selbst wissen, was er da tut."

Ich nickte bestätigend.

Mit unserer kleinen Gruppe bestehend aus Maites Opa, ihren Eltern, sowie ihren jeweils mit Anhang versehenen Brüdern und Freundinnen, zogen wir zum Ort des Geschehens.

Die Trauung sollte in einem kleinen Palais stattfinden. Wenn schon nicht kirchlich, dann sollte das Ganze doch etwas feierlicher als ein schlichtes Rathaus sein.

Nachdem wir in der Bar gegenüber ein Getränk zur Stärkung zu uns genommen hatten, gingen wir in das Palais. Der Standesbeamte wartete schon auf uns.

Alle nahmen ihre Positionen ein. Dann begann die Zeremonie mit einer sehr schönen und romantischen Rede. Der Standesbeamte trug zuerst ein Gedicht vor. Daran schloss sich die eigentliche Trauzeremonie an.

Es muss wirklich schön gewesen sein, weil die meisten um mich herum zu weinen anfingen. Ich konnte das leider in diesem Moment nicht beurteilen. So gut mein Spanisch auch schon war, es reichte weder für anspruchsvolle Gedichte, noch für die spanische Beamtensprache, die im offiziellen Teil der Hochzeit zum Einsatz kam.

So wartete ich bis mich alle erwartungsvoll anschauten. Das musste mein Einsatz sein.

Ich gab also ein sicheres „Sí!" von mir.

35

Unser Auszug aus dem Palais wurde von einem kleinen Kinderchor begleitet, den der Standesbeamte offenbar von sich aus organisiert hatte.

Während wir noch auf dem Weg zur Ausgangstür waren, gab mein Handy schon ein Feuerwerk an Tönen von sich. Ich hatte vergessen, dass man das Ding genau wie im Kino, auch vor einer Hochzeit ausmachen sollte.

Ich hatte zwar niemanden direkt eingeladen, aber immerhin sehr vielen Bekannten gesagt, dass wir heiraten würden. Nun kamen die Glückwünsche per Kurznachricht von allen möglichen Arbeitskollegen, Freunden und Familienmitgliedern. Bei so viel Anteilnahme hatte ich fast ein schlechtes Gewissen, dass ich niemanden eingeladen hatte. Aber die große Party würde ja noch kommen, da konnte ich das wiedergutmachen.

Unsere kleine Gruppe zog in Richtung des von meinem Schwiegervater reservierten Restaurants weiter, um das große Ereignis gebührend zu feiern.

„Mein Vater hat extra etwas reserviert, wo man auch eine Pizza bestellen kann", freute sich Maite. „Sie kennen dich mittlerweile schon ziemlich gut."

„Das ist ja lieb." Ich strahlte dankbar in Richtung meines Schwiegervaters.

Der Abend verlief schön und intensiv. Händchenhaltend saß ich neben meiner neuen Ehefrau und ließ mir meine Pizza schmecken. Auf eine große Rede hatte ich verzichtet. Das wäre mit meinem gebrochenen Spanisch sicherlich nur peinlich geworden. Und außerdem hatte ich hier ja eigentlich nicht viel zur Planung des Ereignisses beigetragen, da gehörte es sich nicht, jetzt wie der große Gastgeber aufzutreten. Umso mehr weil mir schon signalisiert wurde, dass selbstverständlich mein Schwiegervater die Rechnung des Abends übernehmen würde.

Irgendwann setzte sich dieser neben mich und nahm mich in den Arm. Ich konnte an seinem Gesicht erkennen, dass er mir etwas sehr Wichtiges sagen wollte. Wahrscheinlich ging es um einen Tipp, wie ich ein guter Ehemann sein würde.

Schließlich setzte er mit ernstem Blick an und fragte: „Was ich schon immer wissen wollte – was genau heißt eigentlich dieses deutsche Wort…" Und dann kam es wieder, das berühmte „Ratatadatsch".

Ich starrte ihn dermaßen an, dass er zweifeln musste, ob es wirklich richtig gewesen war mir die Hand seiner Tochter zu geben.

36

Unsere Hochzeitsreise ging nach Barcelona. Warum sollte man woanders hin, wenn man an so einem schönen Ort lebte. Außerdem waren wir ja schon für unsere Hochzeit weit gereist.

Je mehr ich die Hochzeit in meinem Kopf Revue passieren ließ, desto mehr kristallisierten sich drei Gedanken heraus.

Der erste Gedanke war nicht so vorteilhaft. Ich hatte im Nachhinein das Gefühl, dass ich irgendwie zu wenig beigesteuert hatte. Ich hatte vor Ort in Salamanca weder etwas organisiert, noch die Feier bezahlt. Unsere Hochzeitssuite war das Zimmer von Maites Bruder. Unsere Hochzeitsreise ging einfach nur nach Hause. Ich hatte nicht einmal eigene Gäste zur Feier beigesteuert. Gut, dass ich wenigstens die zwanzig Euro für unsere Trauringe selbst gezahlt hatte.

Der zweite Gedanke war schon positiver. Das ganze Wochenende mit der Familie und der Hochzeitsfeier fühlte sich gut an. Genauso wie der Zugewinn an Stabilität und Normalität, den ich durch unsere Hochzeit verspürte.

Das führte auch gleich zu meinem dritten Gedanken. Es fehlte jetzt eigentlich nur noch ein Schritt, um wirklich anzukommen. Ich musste mir einen Job vor Ort suchen und mein Pendlerleben endlich aufgeben.

Voller Eifer stürzte ich mich also auf die verschiedenen Stellenbörsen. Vor allem das Internet schien hier vielversprechend.

Leider musste ich schnell lernen, dass die Gehälter doch um fast die Hälfte niedriger waren als in Deutschland. Umso erstaunlicher war, dass die Vermieter, die Supermärkte und alle anderen mit ihren Preisen darauf keine Rücksicht nahmen. Diese entsprachen nämlich annähernd dem deutschen Niveau.

„Schatz, ich habe nächste Woche ein telefonisches Vorstellungsgespräch", konnte ich Maite nach einigen Wochen des erfolglosen Suchens freudig verkünden. „Bei der Stellenanzeige passt wirklich alles. Die suchen jemanden mit guten Deutsch-Kenntnissen und inhaltlich ist das fast dasselbe wie in Hamburg."

Sie lächelte mich an und ich konnte genau sehen wieviel es ihr bedeutete, dass wir bald auch in der Woche ein normales Leben haben könnten.

Ich bereitete mich gewissenhaft vor. Ich informierte mich über die Unternehmensstruktur, die Geschäftsführer und die Produkte. Ich schaute mir an, wie mein zukünftiger Arbeitgeber historisch entstanden war. Ich versuchte sogar mir die für den Geschäftszweig typischen spanischen Vokabeln anzueignen.

Schließlich war der große Tag gekommen. Ich saß voller Spannung vor dem Telefon und wartete darauf, dass ich angerufen wurde. Um mich herum hatte ich fein säuberlich verschiedene Themen, die zur Sprache kommen könnten, in kleinen Papierhäufchen gestapelt. Ich wollte nichts dem Zufall überlassen.

Endlich klingelte das Telefon.

Das Vorstellungsgespräch begann gut. Nach kurzer Zeit war klar, dass mein Spanisch völlig ausreichend für den Anfang war. Mein Deutsch natürlich sowieso. Und inhaltlich schien meine bisherige Tätigkeit sogar etwas anspruchsvoller, als die Stelle, um die es hier ging.

„Können wir dann noch ein wenig auf Englisch reden?", kam die unverfängliche Frage vom anderen Ende des Telefons. „Du musst ja auch viel mit unseren internationalen Tochtergesellschaften kommunizieren."

„Klar, kein Problem!", antwortete ich selbstsicher. Und läutete damit, ohne es in diesem Moment schon zu wissen, mein Ende ein.

„Erzähl mir doch zum Einstieg einfach mal, was du als Hobby machst."

„I...me gusta..."

Das konnte doch nicht wahr sein, ich kriegte den Satz nicht zusammen. Am anderen Ende der Leitung hörte ich nachdenkliches Schweigen.

„Du musst dir nichts ausdenken. Wenn du keine Hobbys hast, erzähl mir einfach, warum du gerade bei uns anfangen willst."

„I...quiero...like..."

Nein. Es ging einfach nicht.

Ich hätte nie gedacht, dass ich mein gebrochenes aber aus meiner Sicht völlig ausreichendes Englisch so schnell ganz verlieren könnte. Egal was ich sagen wollte, ich hatte immer nur die passenden spanischen Worte im Kopf. Selbst die Frage nach der Uhrzeit konnte ich nur auf Spanisch beantworten.

Nach einer quälenden viertel Stunde versuchten wir uns freundlich zu verabschieden, ohne dass es peinlich wäre.

Immerhin wusste ich jetzt, auf was ich mich für den nächsten Versuch besser vorbereiten müsste.

37

Zu einem nächsten Versuch sollte es so schnell nicht kommen.

Es gab doch weniger freie Stellen für mich und meine durch meinen Job in Hamburg geprägten hohen Ansprüche, als ich gehofft hatte. Dazu kamen die ungewohnten Arbeitszeiten. Es war zwar verlockend mitten am Tag zwei Stunden draußen Mittagspause machen zu können, aber dafür abends dann so lange arbeiten? Da bliebe während der Woche ja gar keine Zeit mehr zum Leben.

Ich merkte, dass ich noch nicht genug Spanier war, um in den Arbeitsmarkt vor Ort einzusteigen. Maite nahm das zwar nicht mit Freude, aber doch mit Verständnis zur Kenntnis.

Um uns von dem Thema der unglücklichen Arbeitssuche abzulenken, begannen wir das Leben in Barcelona noch intensiver zu genießen. Oder besser gesagt die Wochenenden. Es gab ja reichlich zu sehen.

Die bunten Wasserspiele nahe dem Plaza de España zum Beispiel. Besonders schön war das

Spektakel aus Wasser, Musik und Licht, wenn man die Treppen zum Nationalmuseum hoch ging. Dann hatte man zusätzlich eine fantastische Aussicht über das Lichtermeer Barcelonas.

Oder einfach nur der immer wieder von uns gemachte Spaziergang vom Vila Olímpica, am Wasser entlang bis zum Fährhafen, wo die Statue von Columbus den Beginn der Ramblas signalisierte. Oft gingen wir noch weiter, einfach die Ramblas hoch, mit einigen Abstechern in das rechts davon liegende Gotische Viertel. Und dann weiter bis in die lebendig beleuchtete prächtige Einkaufsstraße Passeig de Gracia.

Das war das Fantastische an Barcelona. Es war so kompakt gebaut, dass man sogar zu Fuß fast überall hinkommen konnte.

Ich gewöhnte mich wieder an den Gedanken, ein ewig Reisender zu sein. Der Kurzurlaub am Wochenende gab mir immer wieder genügend Kraft, um die Koffer für die nächste Reise zu packen.

Ich befürchte nur, dass Maite sich nicht genauso daran gewöhnen würde. Dafür war ihr Empfang am Freitag doch immer zu freudig und ihre Enttäuschung bei der Abreise am Sonntag immer zu deutlich.

Aber dieser Zustand eines scheinbar eingespielten Lebens sollte, ohne dass wir es jetzt schon ahnten, nicht lange so bleiben.

38

„Schatz, meine Firma bietet mir eine Position mit Führungsverantwortung an", sagte ich Maite an einem Freitagabend, während sie wieder einmal dabei war, mich in der Tür stehend zu begrüßen.

„Heißt das, du gibst den Versuch einen Job in Barcelona zu finden damit ganz auf?", hörte ich sie enttäuscht fragen.

„Ja, aber das ist echt eine große Chance. Ich erkläre dir das gleich in Ruhe beim Essen, okay?"

Maites Vorfreude auf meine Erklärungen hielt sich deutlich in Grenzen. Trotzdem versuchte ich, ihr meine Sichtweise vorsichtig nahezubringen, während wir in einem der Restaurants unserer Straße auf die Vorspeise warteten.

„Also, ich glaube mittlerweile nicht mehr, dass ich hier etwas Passendes finde. Ich suche jetzt ja schon drei Monate, ohne dass dabei etwas rauskam."

„Aber wenn du die neue Stelle annimmst, klingt das für mich, als ob du gar nicht mehr daran glaubst ganz hier zu wohnen."

Ich sah sie kurz schweigend an. Dann sagte ich: „Stimmt. Deshalb hängt da auch noch etwas mehr dran. Ich würde gerne ausprobieren, ob wir nicht zusammen in Deutschland leben können."

Sie sagte gar nichts. Offenbar schien ihr diese Idee aber deutlich besser zu gefallen, als die Vorstellung, mich immer nur am Wochenende zu sehen.

„Wenn ich hier nichts finde und das Pendeln auch keine Lösung für immer ist, warum sollen wir das dann nicht einmal probieren?"

Es dauerte nicht lange, bis wir uns gegenseitig von den vielen Vorteilen, die so ein Wechsel haben würde, überzeugt hatten.

„Dann sehe ich auch Elena und Mari wieder. Und wir können mit unseren beiden WGs wieder etwas zusammen unternehmen", freute sich Maite gerade.

„Da ist noch etwas", sagte ich etwas zögerlich. „Meine neue Stelle wäre dann nicht in Hamburg, sondern in Bonn."

Maites fragender Blick zeigte mir, dass wir heute Nacht noch viel zu besprechen hätten.

39

Nach den abenteuerlichen Umzügen nach Madrid und nach Barcelona würde dieser ganz anders verlaufen.

Meine Firma freute sich, dass ich die freie Stelle übernehmen wollte und organisierte eine professionelle Wohnungssuche über einen Makler, der mir natürlich bezahlt wurde. Ich hatte schon angefangen in Bonn zu arbeiten und war daher immer in der Woche vor Ort, um mir die Vorschläge des Maklers anzuschauen. Der Wohnungsmarkt in Bonn war zwar auch nicht einfach, etwas teurere Wohnungen aber durchaus gut zu kriegen.

„Ich habe eine Wohnung!", verkündete ich Maite eines Wochenendes voller Freude. „Ein absoluter Traum. 90 Quadratmeter mit Balkon und mitten in der Bonner Südstadt."

Schnell erklärte ich ihr, dass die Südstadt mit prächtigen Altbauten und wunderschönen Straßen gespickt war. Und dass wir ganz in der Nähe des Rheins und der Bonner Innenstadt wären. Wenn wir schon Barcelona und das Meer aufgeben mussten, dann wenigstens für etwas wirklich Schönes.

„Und hast du Fotos gemacht?"

„Nein, da habe ich jetzt nicht dran gedacht."

„Dann beschreib sie mal ein bisschen, wie sieht sie denn aus?"

„Na, 90 Quadratmeter eben. Im ersten Stock. Ein offener Wohn-Ess-Bereich und ein extra Schlafzimmer."

„Und das Bad?"

„Ja, gibt es."

„Ja, aber welche Farbe? War da eine Badewanne drin oder eine Dusche?"

„Hm…weiß ich nicht mehr."

„War es denn hell gefliest oder dunkel?"

„Keine Ahnung."

Maite schaute mich verständnislos an. Ich konnte sie verstehen. Schließlich hatte ich sie überredet, dass wir diese große Veränderung machen sollten und jetzt konnte ich ihr nicht einmal genau beschreiben, wo sie die nächsten Jahre ihres Lebens verbringen würde.

„Auf jeden Fall ist die Wohnung wunderschön", versuchte ich das Thema abzuschließen.

Die nächsten Wochen waren voller Vorbereitungen. Wir mussten nicht nur unseren kleinen roten Flitzer verkaufen, sondern auch versuchen einen Nachmieter zu finden. Beides erwies sich als überraschend einfach. Bei unserem Auto wahrscheinlich wegen des sehr niedrigen Preises. Bei unserer Wohnung wegen der tollen Lage.

Da meine Firma uns sogar den Umzug bezahlte, warteten wir schließlich einen Monat später auf ein deutsches Umzugsunternehmen, das unseren gesamten Haushalt sicher in die neue Heimat bringen würde. Ich spürte, dass ich mich damit viel wohler fühlte, als bei unserem Abenteuer-Umzug von Madrid nach Barcelona. Wahrscheinlich war ich doch zu Deutsch, um hier am Mittelmeer zu leben. Umso richtiger schien es, wieder in die mir vertrauter Welt zurück zu ziehen.

Das Umzugsunternehmen hatte die Wohnung leer

hinterlassen und wir lagen jetzt mit Iso-Matten und Schlafsäcken auf dem Fußboden, bevor wir am nächsten Morgen Barcelona den Rücken kehren würden.

Ein erstaunlicher Gefühlsmix tobte in mir.

Einerseits war ich froh, diesem Leben zwischen zwei Welten zu entkommen. Endlich würde ich wieder wissen, wo ich hin gehörte. Endlich wieder irgendwo richtig sein.

Aber meine andere Hälfte hielt mir immer wieder vor Augen, was ich da aufgab. Dieses andere Leben, dieses einmalige Lebensgefühl mit all seiner Leichtigkeit. Ich wusste, an dem Abschied würde ich eine Zeit lang zu arbeiten haben.

Das diese Veränderung für Maite schlecht sein könnte, glaubte ich nicht. Sie hatte jetzt zwar nicht mehr ihr Spanien, aber dafür hätte sie ja rund um die Uhr mich.

„Gute Nacht, mein Schatz. Auf die Zukunft!", sagte ich leise vor dem Einschlafen.

„Auf die Zukunft. Nie mehr getrennt", hörte ich ihre zufriedene Antwort.

BONN

40

„Das kommt davon, wenn man fliegt", sagte ich, während ich mit Maite in unserer leeren Bonner Wohnung stand.

Unsere Möbel waren noch irgendwo zwischen Barcelona und Bonn. Die Umzugsfirma hatte versprochen, dass wir bis morgen Abend alles an seinem Platz vorfinden sollten.

„Aber die Wohnung ist wirklich schön", hörte ich Maite draußen auf dem Balkon sagen. Sie bestaunte gerade die Kopfsteinpflasterstraße, in der unser neues Zuhause lag.

Unsere Schlafsäcke hatten wir bereits an der Stelle ausgerollt, an der später unser Bett stehen sollte.

„Ich habe übrigens Fred und Ulf gesagt, dass ich in Hamburg ausziehe. Das Zimmer da macht für mich jetzt ja gar keinen Sinn mehr."

„Und, waren sie traurig?"

„Nicht so richtig. Ich glaube, die beiden planen gerade eh etwas mit Elena und Mari. Würde mich nicht wundern, wenn die ihre Mitbewohner über Kreuz austauschen."

„Das wäre ja was", freute sich Maite. „Viel machen müssen wir hier nicht mehr, oder? Das sieht ja alles frisch renoviert aus."

„Ja", stimmte ich ihr zu, „das ist der Vorteil, wenn die Firma einem bei der Wohnungssuche hilft. Komm, wir testen mal unser neues Stammcafé."

Ich hatte bereits bei der ersten Besichtigung gemerkt, dass sich direkt neben uns an der Straßenecke ein gemütlich aussehendes Café befand.

„Schön hier, oder?", fragte ich Maite, nachdem wir uns der Bedienung des Cafés als neue Stammgäste vorgestellt hatten.

„Ja", erwiderte sie zufrieden, „ich glaube, hier können wir erstmal bleiben."

Die erste Nacht in unserer neuen Wohnung schlief ich fest und entspannt. Es war, als ob eine riesen Last von mir gefallen war. Der Gedanke nie wieder jede Woche den Koffer packen zu müssen war wunderbar.

Auch Maite sah im Schlaf zufrieden aus.

41

Unsere Möbel waren wie versprochen eingetroffen.

Ich hatte mir für den Umzug frei genommen und mir blieben noch vier freie Tage, bis ich wieder zur

Arbeit musste. Die wollte ich nutzen, um Maite mit der Schönheit Bonns zu beeindrucken. Ich hatte dafür in den letzten Wochen stundenlang im Internet recherchiert, was es hier alles an Attraktionen gäbe.

„Das ist ja wie in einer anderen Welt", staunte Maite, nachdem ich sie zielstrebig auf ein Ausflugsschiff geschleppt hatte.

Wir fuhren langsam gegen den Strom nach Süden, vorbei am Siebengebirge und am Rolandsbogen.

„Da oben sind überall Aussichtspunkte und Restaurants, da kannst du kilometerweit gucken. Und mit dem Rad kannst du in beide Richtungen tagelang am Rhein entlang fahren. Hier wächst sogar überall Wein, so warm ist das Klima hier", beschrieb ich ihr die Umgebung.

Ich fühlte mich fast ein bisschen stolz bei dieser Reiseleitung, als ob ich hier geboren wäre und ihr meine Heimat zeigen würde. Dabei hatte ich als Hamburger bisher mit dieser Region recht wenig am Hut. Aber im direkten Vergleich zwischen Spanien und dem Rheinland, fühlte sich das hier offensichtlich mehr nach Heimat an als Barcelona.

Nachdem unser Schiff wieder in Bonn angelegt hatte, nahm ich Maite mit in einen der vielen Biergärten direkt am Rhein. Es fühlte sich gut an, hier zu sitzen. Hier gab es zwar kein Menú del Día, aber dafür einen herrlichen Blick auf den Rhein und eine ordentliche Pizza.

So vergingen die letzten Urlaubstage in einem straffen Programm, in dem ich versuchte möglichst viele Sehenswürdigkeiten abzuarbeiten.

Ob es schlau war, alle Überraschungen schon in den ersten Tagen zu verbrauchen, weiß ich nicht. Aber zumindest hatte ich den erwünschten Effekt.

„Eine tolle Stadt", resümierte Maite, als wir an meinem letzten freien Tag abends in unserem Stammcafé saßen.

„Ja, ich glaube die Idee unser Leben noch einmal komplett zu ändern war goldrichtig. Und ab nächster Woche schauen wir mal, wo wir hier eine Arbeit für dich finden."

42

Das Leben war endlich wieder sortiert. Es gab nur noch eine Wohnung. Es gab kein ständiges Kofferpacken mehr. Wir hatten endlich ein normales Leben.

Oder sagen wir besser, fast normal.

Wie sich schnell rausstellte war es für Maite überhaupt nicht einfach, einen Job in ihrem Beruf als Journalistin zu kriegen. Das lag daran, dass es sehr wenige freie Jobs in dem Beruf gab. Und ihre ordentlichen, aber noch nicht wirklich fließenden Deutsch Kenntnisse, machten die Lage nicht besser. Gerade bei einer Journalistin kam es schließlich darauf an, dass sie keine Fehler bei Rechtschreibung und Grammatik machte.

Trotzdem lebten wir uns ein und fanden unseren Rhythmus, wie wir es schon in Madrid und in Barcelona geschafft hatten.

Was ich so nicht erwartet hatte war, dass sich am Gefühl des Heimkommens nicht viel geändert hatte. Ich musste jetzt zwar nicht mehr reisen und fand Maite deshalb natürlich auch nicht mehr jeden Freitagabend voller Erwartungen in unserer Wohnungstür vor mir. Nein, weil sie noch keinen Job hatte, fand ich Maite jetzt *jeden* Abend voller Erwartungen in unserer Wohnungstür vor mir. Nur am Wochenende nicht mehr, da war ich schließlich zu Hause. Aber irgendwann würde sich das Problem mit einer festen Anstellung sicherlich von selbst lösen.

Eine der ganz wenigen Sachen, die mir im Rheinland nicht gefiel, war die extreme Zusammenballung von Menschen. In Barcelona gab es die natürlich auch, aber da störte sie nicht so sehr. Wenn wir hier an einem richtig heißen Sommertag am Wochenende zum Abkühlen ins Wasser wollten, waren wir leider nie alleine mit unserer Idee. Der ganze Köln-Bonner Ballungsraum stürzte sich auf die wenigen vorhandenen Freibäder und Badeseen. Wenn man durch den dicken Verkehr überhaupt ankam, fand man weder am Strand noch im Wasser viel Platz. Da hatte uns das nur eine Straßenbreite entfernte Mittelmeer doch mehr Luxus geboten. Aber dafür gab es in den Badeseen vor Ort wiederum weder gebrauchte Damenbinden noch Feuerquallen. Man konnte schließlich nicht alles haben.

Insgesamt hatte ich das Gefühl, wir fühlten uns beide wohl hier. Wohler zumindest, als in Barcelona.

43

„Ich freue mich, endlich wieder das Meer zu sehen", sagte ich gut gelaunt, während wir auf der Autobahn Richtung Nordwesten fuhren. „Das ist echt der Nachteil am Rheinland, die Küste ist einfach zu weit weg."

Nachdem wir jetzt zwei Monate in Bonn lebten merkten wir, dass wir Entzug hatten. In Hamburg war die See immer so nah gewesen, in Barcelona noch näher. Aber in Bonn gab es nur den Rhein, der war schön, aber nicht dasselbe.

Unser Ziel war die Gegend um Domburg in den Niederlanden. Wir wollten den Besuch an der Küste gleich mit etwas Urlaubsgefühl kombinieren, wie man es nur im Ausland kriegte.

„Das ist aber ganz schön viel Papier", hörte ich

Maite sagen, während sie sich durch meine Ausdru-
cke wühlte.

„Mein Navi hat leider nur Karten für Deutschland. Das wird schon gehen."

Ich hatte die fünfseitige Wegbeschreibung aus
dem Internet ausgedruckt.

„Endlich, ich kann auch nicht mehr", stöhnte ich,
als wir nach sechs Stunden Fahrt das Ortsschild von
Domburg passierten.

Die ausgedruckte Beschreibung war absoluter
Schrott gewesen. An drei Stellen wurden wir in die
falsche Richtung geschickt und mussten umkehren.
Der fatalste Fehler war aber, dass wir falsch um
Antwerpen herum gefahren waren. Diese Umwege,
verbunden mit dem sowieso starken Verkehr an
diesem Samstag, führten zu einer Fahrzeit von sechs
Stunden. Statt der geplanten dreieinhalb Stunden.
Und das bei 25 Grad.

„Das hat sich aber trotzdem gelohnt, oder?", fragte ich Maite, als wir mit einer Pommes Spezial und
einem Softeis durch den Sand liefen. „Ich hatte
wirklich Sehnsucht nach dem Meer."

„Aber am Mittelmeer ist es noch schöner, oder?
Man traut sich ja kaum ins Wasser, bei den Temperaturen hier."

Da hatte sie Recht. Und weniger klar war das
Wasser auch. Ein bisschen melancholisch dachte ich

an die warmen Abende in Barcelona zurück, wo wir noch im Dunkeln mit kurzer Hose in einem der Restaurants am Wasser sitzen konnten.

Zum Glück wurde ich schnell aus diesen Gedanken gerissen, weil zwei Möwen gerade versuchten uns die Pommes und das Softeis abzunehmen. Das war das richtige Zeichen, um sich wieder auf die Gegenwart zu konzentrieren. Barcelona war Geschichte.

44

„Ich glaube, wir müssen langsam wieder los", sagte ich etwas traurig, nachdem gerade einmal drei Stunden vergangen waren.

Wir hatten keine Unterkunft gebucht. Unser Plan war gewesen, morgens früh los zu fahren und abends spät wieder zurück. Wir konnten ja nicht ahnen, dass der Hinweg fast doppelt so lange wie gedacht dauern würde. Zumindest wussten wir diesmal, wie wir fahren mussten.

Nachdem wir wieder fünf Stunden im Auto saßen und es schon lange dunkel geworden war, sagte Maite: „Ich glaube, noch ungefähr eine Stunde. Zumindest nach deinen Zetteln hier." Sie hörte sich wirklich müde an.

„Ich kaufe mir nächsten Montag erstmal ein neues Navi. Mit dem, was wir heute an unnötigem Sprit verbraucht haben, ist das schon mehr als bezahlt." Ich war nervlich wirklich auch am Ende.

„Was ist denn das?" Vor uns konnte ich die Rücklichter eines Wagens sehen, dahinter die Vorderlichter eines anderen. Uns kam also jemand auf unserer Spur entgegen. Jetzt bitte nicht auch noch ein Unfall oder so etwas.

Ich hielt rechts auf dem Standstreifen an. Die beiden Wagen vor uns standen auch, soweit ich das sehen konnte. Na, dann sollte der Geisterfahrer halt vorsichtig wenden.

Da kamen die Vorderlichter schnell näher.

„Festhalten!", rief ich, während ich versuchte, irgendwie den Rückwärtsgang einzulegen. Ich hatte in meiner Hektik keine Chance. Das uns entgegenkommende Fahrzeug krachte in den Wagen vor uns und der wurde so weit zurück geschoben, dass er uns kräftig erwischte.

„Und warum laufen Sie hier nachts um zwei Uhr in kurzer Hose rum?", fragte mich der Polizist etwas misstrauisch, während er meine Aussage zu Protokoll nahm?

Ich biss mir auf die Zunge, um jetzt bloß höflich zu bleiben. So ein sch… Tag.

Ich wollte wieder nach Barcelona, wo ich das Meer vor der Wohnungstür hatte.

45

Der Winter begann vielversprechend.

„Das ist wirklich toll. Sowas gab es in Barcelona nicht", freute sich Maite, als wir auf dem Bonner Weihnachtsmarkt am Glühweinstand standen. Wir hatten beide jeweils eine dampfende Tasse in der Hand.

„Ja, die Stimmung ist einmalig, oder? Da vergisst man die Kälte. Und warte erstmal nächstes Wochenende in Köln ab."

Wir hatten uns zum Ziel gesetzt, jede Woche mindestens einen neuen Weihnachtsmarkt auszuprobieren. Wenn wir hier schon im Winter leben mussten, dann wollten wir wenigstens die Vorteile mitnehmen.

„Aber dieser Glühwein ist ganz schön stark oder?", fragte Maite mit einem misstrauischen Blick auf die heiße, rote Flüssigkeit in ihrer Hand.

„Die Kopfschmerzen morgen früh auch", lächelte ich.

Einige Sachen musste sie hier noch lernen. Und die Menge an Glühwein, die den Magen und den Kopf unbeschadet ließ, gehörte nun einmal dazu.

Der Dezember mit seiner schönen Weihnachtsstimmung war wie jedes Jahr einer der schönsten

Wintermonate. Gerade nach den letzten etwas ungewöhnlichen Weihnachtseindrücken in Barcelona tat so eine normale Winterstimmung zu dieser Zeit richtig gut.

Für Silvester hatten wir uns mit unseren ehemaligen Mitbewohnern Fred, Ulf, Elena und Mari in Hamburg verabredet, um das Feuerwerk gemeinsam an der Alster zu bestaunen.

„Wahnsinn, so viele Menschen", sagte ich, während wir am Jungfernstieg mit all den anderen Silvesterhungrigen um jeden freien Zentimeter kämpften.

„Ja, umso erstaunlicher, dass sie offenbar nur zwei Toiletten für die ganzen Leute spendiert haben", jammerte Fred. „Und die noch nicht einmal getrennt. Ich glaube nicht, dass sich die Männer hier an eine hundert Meter lange Frauenschlange anstellen."

Da mochte er Recht haben. Zumindest roch es an vielen Stellen schon sehr verdächtig und man konnte dunkle Schatten in einer ganz typischen Haltung an den etwas abseits liegenden Hauswänden stehen sehen. Aber dafür gab es in Deutschland ja schließlich so etwas wie Regen. In Barcelona wäre das schon schwieriger.

Während wir Mitternacht entgegen fieberten, machten sich einige Scherzkekse einen Spaß daraus, ihre Böller und Raketen im Tiefflug über den Menschenmassen zu verteilen. Zum Glück hatte ich deshalb Silvester immer ein paar Schutzbrillen dabei.

Um Mitternacht bestaunten wir das Feuerwerk.

„Schön, oder?", fragte ich, als ich mit Maite im Arm durch die Schutzbrille dem Feuerwerk zusah. Mir fiel dabei auf, dass meine Männer die anderen beiden Mädels auch im Arm hatten. Wie zwei Pärchen, die schon sehr lange zusammen sind. Das schien ja gut voran zu gehen mit den vieren.

Je länger ich so mit unseren Freunden neben uns über die Alster schaute, desto mehr musste ich an die schönen alten Zeiten in Hamburg denken.

46

Wir waren wieder in Bonn zurück und genossen das Wochenende, bevor am Montag wieder die Arbeit losgehen würde.

„Ich versuche es mal mit Joggen."

„Joggen?", fragte Maite ungläubig. „Ich dachte du magst nur Sportarten bei denen es einen Ball gibt?"

„Aber mit Bällen kannst du ja nichts anfangen. Joggen könnten wir gemeinsam machen."

Gerade Joggen. Meine momentane Motivation dafür mochte auch daran liegen, dass ich mir Silvester Joggen als guten Vorsatz in den Kopf gesetzt hatte. Keine Ahnung, wie ich ausgerechnet darauf gekommen war. Wahrscheinlich inspiriert durch meine Erinnerung an die Jogger, die ich früher immer gut gelaunt an der Alster laufen gesehen hatte.

„Na, dann mal viel Spaß. Nimm ein Handy mit, falls ich dich abholen muss."

„Quatsch! Ich laufe doch nur kurz über die eine Brücke nach Beuel und über die andere zurück. Das sind glaube ich nicht einmal zehn Kilometer."

„Nimm das Handy trotzdem mal mit", lachte sie.

Ich war ungefähr fünfzehn Minuten unterwegs, als ich merkte, dass es so richtig anstrengend wurde. Die kalte Januarluft biss in meiner Lunge und meine Nase fing an zu laufen. Zudem begann ein leichtes Seitenstechen. Aber so schnell aufgeben galt nicht.

Nach einer gefühlten weiteren Ewigkeit, die tatsächlich ungefähr zehn Minuten entsprochen hatte, stützte ich mich japsend am Rheinufer auf einer Bank ab. Die Passanten schauten mich mitleidig an. Wahrscheinlich kannten sie dieses Bild im Januar zur Genüge. Irgendwo gaben die Gute-Vorsätze-Jogger immer zusammengebrochen auf.

Langsam ging ich den weiten Weg zurück nach Hause. Ich hoffte, dass mein Übelkeitsgefühl und mein Schweißausbruch sich bis zu unserer Wohnungstür wieder beruhigt haben würden.

„Und wie war die erste Runde?", fragte Maite erwartungsvoll, als ich die Tür aufschloss.

„Kein Problem. Das wird echt überschätzt. Mit ein bisschen Grundfitness schafft das jeder."

„Das heißt, du machst das jetzt regelmäßig?"

„Ist zwar nicht anstrengend, aber irgendwie macht mir das nicht genug Spaß. Ich glaube, ich versuche es lieber doch mit Volleyball oder Tischtennis."

Sie nickte verständnisvoll.

„Ach übrigens, deine App scheint kaputt zu sein. Du hattest doch dieses Ding runtergeladen, dass die Laufstrecke aufzeichnet und dann die ganzen Daten per Mail an uns schickt. Die Aufzeichnung sieht so aus, als ob du nach ein paar Minuten umgekehrt wärst, das kann ja nicht sein, oder?"

Mist!

47

Was ich schon befürchtet hatte, nahm die nächsten Monate seinen Lauf.

Wir lebten jetzt zwar zusammen, aber Maite fand einfach keinen Job. Es gab zwar die eine oder andere unbezahlte Stelle, um ein wenig Erfahrungen in Deutschland zu sammeln, aber das war es dann auch.

Ich wusste, so konnte es nicht weitergehen. Das sichere Gefühl, dass Maite in Spanien sofort eine passende und angemessen bezahlte Arbeit haben würde, drückte auf mein Gewissen. Schließlich war sie nur wegen mir hier.

Dazu kam eine andere unterschwellige Stimmung bei mir auf. Gerade in diesen kalten Wintermonaten war mir aufgefallen, wie grau und trist es hier sein konnte. Es fehlten einfach das Licht und die Farben. Ich merkte immer mehr, was ich eigentlich mit Barcelona aufgegeben hatte.

Ich nahm mir also ein Herz und versuchte, während wir abends beim Essen saßen, das Unvorstellbare anzusprechen.

„Was hältst du davon, wenn wir wieder zurück nach Barcelona ziehen?", fragte ich vorsichtig.

Sie schaute mich mit großen Augen an. Das war mehr als verständlich, schließlich hatte ich sie erst vor einem Jahr mit Feuereifer von unserem Umzug nach Bonn überzeugt.

Ich setzte zum Erklären an: „Schau mal, du kommst hier beruflich überhaupt nicht auf die Beine. Und es kann doch nicht richtig sein, dass deine ganze Lebensplanung nur auf unserer Beziehung aufbaut. Wenn dein Loch im Lebenslauf zu groß wird, kommst du später ja nie wieder rein. Das will ich einfach nicht verantworten. Dann fange ich lieber wieder mit dem Pendeln an, die Zeit in Barcelona war doch eigentlich ganz schön!" Ich verschwieg, dass ich auch ein bisschen Heimweh nach Barcelona entwickelt hatte.

Man sah Maite förmlich den Unwillen an, meiner eigenwilligen Logik zu folgen. Schließlich waren wir doch endlich zusammen. Das alles jetzt nur wegen eines Jobs wieder aufgeben?

Nach einem langen Abend der Diskussion und Abwägung kam schließlich eine zaghafte Zustimmung von ihr: „Okay, wenn du das wirklich willst und meinst, dass es das Richtige für uns beide ist?"
Den Strohhalm ergriff ich natürlich sofort.

48

Mir graute schon vor den ganzen Sachen, die jetzt wieder zu regeln wären. Als erstes buchten wir unsere für Umzüge obligatorische Urlaubswoche. Schließlich wussten wir mittlerweile, wie wir für die Wohnungssuche in Spanien vorgehen mussten.

Gleich bei der Ankunft in Barcelona spürte ich, dass wir auf jeden Fall die richtige Entscheidung getroffen hatten.

„Das fühlt sich gut an wieder hier zu sein, oder?", fragte ich Maite, während wir in unserem Hotelzimmer die Koffer ausräumten. Wir hatten uns diesmal etwas Besseres gegönnt. Die schlaflosen Nächte bei unserem letzten Umzug nach Barcelona waren uns noch gut in Erinnerung.

„Ja, aber denk daran, dass das Pendeln dann auch wieder losgeht."

„Das macht nichts. Das ist es wert", lächelte ich zuversichtlich.

Was unsere Suche diesmal deutlich einfacher machte war, dass wir wussten wo wir suchen mussten. Für uns kam nur das Vila Olímpica in Frage.

„Da hat sich scheinbar nicht viel getan, es sind immer noch dieselben Wohnungen wie beim letzten Mal frei", stellte ich fest, nachdem wir unsere erste Rundtour durch das Gebiet gemacht hatten.

„Aber diesmal haben wir keinen so großen Zeitdruck. Zur Not kommen wir in einer anderen Woche nochmal wieder, wir müssen ja nicht sofort aus Bonn weg."

Da hatte sie Recht. Aber jetzt ständig wochenweise durch Barcelona rennen, wäre keine Lösung auf Dauer.

„Was ist denn mit der da oben?", fragte ich und zeigte auf eine Wohnung im vierten Stock. Die Wohnung war direkt an der Straße, hinter der das Meer begann. Und sie war hoch genug, dass man auf jeden Fall freien Meerblick vom Balkon haben würde.

„Da hatten wir doch letztes Mal gar nicht erst angerufen, weil die bestimmt sowieso zu teuer ist", seufzte Maite.

„Ach, komm schon. Wenn wir jetzt schon in den

sauren Apfel beißen und das mit dem Pendeln wieder machen, dann soll es wenigstens am Wochenende richtig schön sein. Ruf ruhig mal an und frag was die kostet."

Sie war teuer. Aber nicht so teuer, dass wir es nicht wagen konnten. Schließlich hatte ich jetzt einen besser bezahlten Job als früher und Maite würde hier ebenfalls ein Einkommen haben.

„Die nehmen wir!", sagte ich, nachdem die Vermieterin uns durch die Wohnung geführt hatte.

Man konnte aus fast allen Räumen mit Blick über den Olympischen Hafen auf das Meer sehen, wo morgens die Sonne aufgehen würde. Sogar, wenn man auf dem Bett lag. Und der Balkon war groß genug für vier Stühle und einen Tisch. Dazu war die Einrichtung wirklich gut in Schuss. Der Boden aus weißem Marmor machte die sowieso schon helle Wohnung noch heller. Das war genau das Licht, was mir in Bonn in den letzten Monaten gefehlt hatte.

Glücklich verließen wir Barcelona mit einem unterschriebenen Mietvertrag und einem wirklich guten Gefühl.

49

Nachdem klar war, dass wir das Rheinland nach unserer kurzen Stippvisite in zwei Monaten wieder verlassen würden, wollten wir zumindest den diesjährigen Karneval voll mitnehmen. In Hamburg hatte ich als überzeugter Norddeutscher damals kaum Interesse am Karneval, aber jetzt hatten wir schließlich fast ein Jahr hier gelebt und waren gefühlt auch ein bisschen Rheinländer geworden.

„Das hätten wir schon eher mal machen sollen", zeigte sich Ulf begeistert, wie er als Pirat mit seiner Piratenbraut Mari schunkelnd neben mir stand. „Ich hätte nie gedacht, dass verkleidet in der Kälte stehen und dabei einen trinken so viel Spaß macht."

Da hatte er Recht. Aus Hamburg kannte ich den Kinderfasching. Aber das war nüchtern und ohne Bützchen, also überhaupt nicht vergleichbar.

„Kommt, wir gehen mal da vorne rein", zog mich Maite zu unserem nächsten Ziel hin. Die Schlange von Eintrittswilligen war fast zehn Meter lang. Aber hier war selbst das Warten in der Kälte gesellig. Wir stellten uns brav hinter einem Kamel und einem Astronauten an.

„Seid ihr sicher, dass ihr das hier schon wieder aufgeben wollt?", fragte Fred, während er Elena mit seinem Bauarbeiterhandschuh zwischen ihren Ziegenhörnern kraulte.

So ganz sicher war ich mir genau in diesem Moment natürlich nicht. Das war schon eine tolle Stimmung hier. Aber der Aschermittwoch würde irgendwann kommen und dann wäre Barcelona auf jeden Fall wieder die bessere Wahl.

Wir verbrachten die Nacht auf engstem Raum mit vierhundert anderen völlig verschwitzten Menschen und grölten mir bis dahin unbekannte Karnevalslieder. Was war das schön.

Nach fünf Tagen, gefühlten zwanzig Kneipen und zwei Karnevalsumzügen, verabschiedeten wir unsere Hamburger Freunde.

„Wollt ihr nicht auch wieder mal bei uns vorbei schauen?", fragte Elena. „Wir könnten ein bisschen Umzugshilfe brauchen."

Alle vier grinsten Maite und mich an.

„Fred zieht zu mir. Und Mari schicke ich zu Ulf", erklärte Elena.

Die hatten es geschafft. Alle wohnten in einer Stadt die sie mochten und wussten wo sie hingehörten. Ganz ohne Rollkoffer.

50

„Die ist aber wirklich klein. Bist du sicher, dass du das willst?", fragte Maite, als wir wieder auf der Straße standen.

„Aber das reicht doch. Unter der Woche bin ich entweder beim Arbeiten oder schlafe. Dafür reichen die zwanzig Quadratmeter wirklich. Und die Lage ist toll, nur fünf Minuten bis zur Arbeit."

Maite schaute immer noch skeptisch. Wir hatten gerade die dritte mögliche Pendlerwohnung für mich besichtigt. Unsere große Wohnung in der Bonner Südstadt würde ich auf keinen Fall zusätzlich zu der neuen teuren Wohnung in Barcelona halten können.

„Du hast schon gesehen, dass da nicht mal eine Waschmaschine reinpasst?", hakte sie nach.

„Aber im Keller stehen doch zwei für die Hausbewohner. Das reicht."

„Zwei Maschinen für 20 Wohnungen? Wie oft willst du denn die Treppen runterlaufen, bis du da mal Glück hast?"

Da hatte sie nicht ganz Unrecht. Aber ich wollte es mir gar nicht erst zu gemütlich machen. Schließlich sollte das Hauptleben in Barcelona ablaufen. Und dafür brauchte ich etwas, auf das ich mich dort so richtig freuen konnte. Das waren natürlich zum einen Maite und die Stadt. Eine fantastische Wohnung inklusive eigener Waschmaschine dort und eine eigentlich nicht akzeptable Wohnung hier, würden aber sicherlich als zusätzlicher Anreiz helfen.

Die Wohnung wäre erst nach Maites Rückkehr nach Barcelona frei. So bräuchte sie die Auflösung unserer schönen Südstadt-Wohnung nicht miterleben. Noch ein Vorteil.

„Tschüss Wohnung", sagte Maite, als sie zum letzten Mal durch die Tür ging und sich neben mir in das Auto setzte.

„Fällt dir der Abschied schwer?", fragte ich.

„Schon. Ich glaube, wir hätten mehr aus unserer Zeit hier machen können."

„Aber Barcelona wird besser, da bin ich sicher. Du wirst schon sehen."

Wir fuhren los. Da mein Auto diesmal mit nach Spanien sollte, hatten wir zwei Tage für unsere Reise eingeplant. Ich würde am Montag dann wieder nach Bonn zurück fliegen.

Je mehr wir uns Barcelona näherten, desto mehr freuten wir uns darauf wieder dort zu sein. Bonn schien jetzt schon ein wenig in Vergessenheit zu geraten.

Als wir nach zwei Tage und insgesamt dreizehn Stunden Fahrzeit in der Straße neben unserer neuen Wohnung parkten, hatte ich das Gefühl, als wären wir nie weg gewesen.

51

Nachdenklich aber auch froh, dass das geschafft war, schaute ich dem Umzugswagen hinterher. Vollbepackt verließ er die Kopfsteinpflasterstraße und fuhr unaufhaltsam Richtung Barcelona. Morgen Abend würde Maite wieder in einer normal möblierten Wohnung leben können.

Diesen Umzug mussten wir natürlich selbst bezahlen, deshalb hatte ich vor allem auf den Preis geschaut. Hoffentlich würde alles gut gehen.

Als ich wieder oben war, schaute ich mich in der fast leeren Wohnung um. Da wäre noch viel zu tun. Im Mietvertrag stand Renovierung bei Auszug und wir hatten doch ganz schön gewütet. Im sicheren Glauben lange hier zu bleiben, hatten wir fast alle Wände mit Löchern gespickt. Die Utensilien, die ich zum Verspachteln und Streichen brauchen würde, stapelten sich schon in dem Raum der bisher unsere offene Wohnküche gewesen war.

Langsam fing ich an, die verbliebenen Kartons und Möbelstücke die Treppen runter zu tragen. Ich hatte mir einen kleinen Transporter geliehen, um den Umzug in meine neue Pendlerwohnung alleine machen zu können. Von unseren Hamburger Freunden hatte verständlicher Weise in der Woche niemand

Zeit gehabt.

Als ich das fünfzehnte Mal die Treppen zu meiner neuen Wohnung im vierten Stock hochstieg, merkte ich meine Beine kaum noch. Wie war ich nur auf die blöde Idee gekommen, den Umzug mal eben nach der Arbeit alleine machen zu wollen. Als ich die letzte Fuhre hoch brachte, war es kurz nach zwei Uhr morgens. Der Wecker war auf sechs Uhr gestellt, um den Mietwagen noch vor der Arbeit wieder abgeben zu können.

Zumindest hatten mich die meisten Bewohner im Haus so schon kennengelernt. Welcher Idiot macht schließlich mitten in der Nacht so einen Krach.

Am Wochenende stand mein erster Heimflug nach Barcelona an, ich fühlte mich an alte Zeiten erinnert.

Die Vorfreude mischte sich mit dem von früher bekannten Unwillen Stunden für die Reise zu verschwenden. Aber ich würde mich wieder daran gewöhnen.

Jetzt freute ich mich erstmal darauf gleich Maite mit vor Freude strahlenden Augen in der Tür zu sehen, wenn sie mich zur Begrüßung in die Arme nehmen würde.

BARCELONA (ZWEITER VERSUCH)

52

„Bisher hat sich keiner gemeldet."

„Das kann doch nicht wahr sein", sagte ich immer noch fassungslos. Der Umzug war diesmal scheinbar nicht so reibungslos verlaufen.

Um die Kosten im Rahmen zu halten, hatte ich mit dem Umzugsunternehmen ausgemacht, dass unsere Sachen bei der nächsten Tour nach Spanien mittransportiert werden sollten. Dadurch musste keine extra Fahrt nur für uns gemacht werden und der Umzug wurde natürlich günstiger. Den Abholtermin in Bonn hatten wir so gelegt, dass er genau zu einer solchen Tour passen würde.

Nun stand ich in einer leeren Wohnung. Die arme Maite, wie hatte sie die Woche über nur hier gelebt?

Extrem angespannt wühlte ich mein Handy aus dem Rollkoffer und wählte die auf der Rechnung des Umzugsunternehmens angegebene Nummer.

„Die haben gesagt, dass die geplante Tour ausgefallen ist", stammelte ich entsetzt vor mich hin. „Unsere Möbel haben sie erst einmal eingelagert."

Ich schaute Maite traurig an. Für mich war es ja nur das Wochenende, aber sie war schließlich die ganze Woche hier.

„So schlimm ist das doch nicht. Die Küche ist ja
da. Und fürs Schlafen besorgen wir uns eben erstmal
zwei Klappbetten", versuchte Maite meine Stimmung wieder aufzuhellen.

„Aber die konnten mir noch nicht einmal einen
Termin sagen, wann die nächste Tour in unsere
Richtung geht."

„Komm wir gehen erstmal was essen. Dann können wir wenigstens im Sitzen weiterreden."

Ein guter Vorschlag. Mein geliebtes Menú del
Día in der milden Abendluft ließ meine Laune
schnell wieder steigen.

Am nächsten Tag besorgten wir ein paar be-
helfsmäßige Möbel und andere unbedingt notwendi-
ge Einrichtungsgegenstände. Nachdem das erledigt
und mein Ärger vom Vortag weitgehend ver-
schwunden war, fing ich an die Wohnung zu genießen.

Darüber, dass der ganze Boden weißer Marmor
war, ließ sich geschmacklich sicherlich streiten.
Aber der Blick aus unserem Schlafzimmerfenster
zur Hinterseite spendierte ein Panoramabild über
ganz Barcelona. Und zur Vorderseite lag das Wohnzimmer mit der Terrasse und freiem Meerblick. Das
war insbesondere jetzt, am Sonntagmorgen zwischen
sechs und zehn Uhr, ein Traum, wenn sich auf der
sonst dicht befahrenen Ringstraße Ronda Litoral
kein Verkehr tummelte.

Nach zwei Wochen kamen schließlich unsere Möbel. Wegen der langen Lagerzeit hatten keine Pflanzen überlebt, aber es wäre sowieso fraglich gewesen, ob die den Klimawechsel gut überstanden hätten.

Alles egal. Hauptsache, wir waren wieder hier.

53

„Ich habe eine Stelle", begrüßte mich Maite freudestrahlend an unserem dritten Wochenende in Barcelona. „Meine alte Firma hatte meinen Platz noch nicht dauerhaft besetzt. Die wollen, dass ich wiederkomme."

„Ich wusste doch, das geht hier ganz schnell für dich."

Ich war richtig erleichtert. Schließlich war das einer der Hauptgründe für unseren Umzug.

„Komm, das feiern wir", schlug ich vor.

„Oh ja, ich möchte endlich mal wieder tanzen gehen."

Stimmt. Seit unserem letzten Salsa Erlebnis in Madrid hatte ich Tanzausflüge vermeiden können. Zumindest, wenn man das Schunkeln im Bonner Karneval nicht als Tanzen bezeichnete.

Nachdem ich mich ein wenig ausgeruht hatte,

zogen wir also runter zu den Restaurants und Disko-
theken am Olympischen Hafen direkt vor unserer
Haustür. Diese waren so gebaut, dass sie von der
Straße gar nicht zu entdecken waren. Sie befanden
sich von der Promenade aus gesehen praktisch ein
Stockwerk nach unten versetzt, fast auf Höhe des
Meeresspiegels.

Wie immer standen vor vielen Restaurants Kellner, um die vorbeigehenden Gäste abzufangen. Wir
liefen diesmal an allen vorbei, weil Maite mich zielstrebig auf ein Bar zusteuerte, aus der schon von
weitem Salsa Musik zu hören war.

„Mal sehen, ob du besser geworden bist", rief
Maite, während sie mich auf die Tanzfläche zog.

Wie sollte ich besser geworden sein ohne Übung?
Aber egal, ich war ja schließlich schon vorher Mister
Salsa. Oder sollte der Spruch eben eine böswillige
Anspielung gewesen sein?

Wie immer versuchte ich meine vielleicht feh-
lende Geschmeidigkeit durch besonders ausdruck-
starke Bewegungen auszugleichen. Das schien zu
funktionieren. Zumindest schaute mich der spanische Vortänzer von seiner kleinen Bühne aus fast ein
wenig erschrocken an. Schau gut zu, so geht das
richtig!

Nach einer Stunde intensiver Bewegung saßen
wir draußen auf einer Bank und schauten über die
vor Anker liegenden weißen Sportschiffe, die im
Wind hin und her schwappten. Es war eine richtig

schöne mediterrane Nachtstimmung.

„Ich glaube du hattest Recht", flüsterte Maite, während wir dort saßen. „Hier ist es wirklich schöner zu leben."

Klar hatte ich Recht. Hatte sie etwa daran gezweifelt?

54

„Nicht schon wieder."

„Der Arme", flüsterte Maite, so dass der Mann in der Küche es nicht hören konnte.

Wir hatten nach kurzer Zeit gemerkt, dass unser Backofen kaputt war. Unsere Vermieterin wollte das selbst in die Hand nehmen und uns einen Bekannten vorbei schicken, der ein Allround-Handwerker sein sollte.

Nun, dieser Allrounder war jetzt seit ungefähr einer Stunde bei uns in der Küche und hatte eben bereits zum dritten Mal wegen eines Stromschlages kurz aufgeschrien. Wahrscheinlich war er kein Fachmann für Backöfen.

Schließlich bat er uns in die Küche zu kommen, um uns stolz das Ergebnis seiner Arbeit zu präsentieren.

„Der funktioniert wieder."

„Das ist ja toll, danke!", sagte ich brav.

„Eine Kleinigkeit noch. Den Grill braucht ihr nicht, oder?"

„Den Grill? Also ist er noch nicht ganz heile?"

„Der Backofen schon, nur der Grill geht noch nicht."

In Deutschland hätte ich den Handwerker jetzt gefragt, ob er denn recht bei Verstand ist. Reparieren bedeutete schließlich, dass etwas danach heile ist.

Hier aber verspürte ich die spanische Leichtigkeit.

„Ist schon okay so. Wir hätten damit sowieso nicht gegrillt." Ich schaute Maite während ich das sagte fragend an. Schließlich war sie es, die meistens die Küchengeräte benutzte. Für meine Pizza reichte der Backofen auch ohne Grill.

Zum Glück stimmte sie meiner Entscheidung zu. Ich hätte wirklich Sorge gehabt, dass der Mann nicht mehr allzu viele Stromstöße unbeschadet überstanden hätte.

Zum Abschied überreichte er uns noch freundlich eine Rechnung, die wir an unsere Vermieterin weitergeben sollten. An der Rechnung merkte man, dass er doch ein Profi war. Für den Betrag hätten wir wahrscheinlich einen neuen Backofen mit funktionierendem Grill kaufen können. Ich unterdrückte einen entsprechenden Kommentar und klopfte ihm nochmals anerkennend auf die Schulter.

Mit einiger Verspätung begannen wir jetzt unser Frühstück am Samstagmorgen.

„Ich habe mir überlegt, ob ich hier nochmal mit dem Joggen anfangen sollte", offenbarte ich Maite. „Während der Woche in Bonn schaffe ich es kaum mich aufzuraffen. Aber hier bietet sich das ja geradezu an, mit dem Meer vor der Nase."

„Ich denke, Joggen macht dir keinen Spaß? Zumindest hattest du das bei deinem Versuch in Bonn gesagt."

„Aber hier ist das bestimmt anders. Allein die wärmere Luft. Die beißt nicht so in der Lunge wie damals im Winter in Bonn."

Maites Blick zeigte erhebliche Zweifel. Ich würde nochmal darüber nachdenken. Und auf jeden Fall würde ich daran denken, dass diesmal keine App aufzeichnen würde wie weit ich laufe.

55

Maite sollte Recht behalten.

Ich hatte gerade begonnen zu testen, wie viel Spaß mir das stupide Laufen in dieser schönen Umgebung machen würde. Das Ergebnis stand bereits nach zwanzig Minuten fest: Es machte mir absolut keinen Spaß.

Während ich durchgeschwitzt und mit leichter Übelkeit in der Magengegend zurück nach Hause ging, schaute ich nachdenklich auf das Meer. Irgendetwas an sportlicher Aktivität mussten wir doch aus dieser luxuriösen Wohnlage rausholen können.

„Ich habe die Idee", offenbarte ich Maite, als ich wieder in unserer Wohnung ankam. Sie hatte mir bereits ein riesiges Glas Apfelsaftschorle auf dem Küchentisch bereitgestellt.

„Sag doch erstmal, wie es war. Macht es jetzt Spaß?"

„Nein, das ist immer noch langweilig. Aber ich weiß jetzt, was Spaß machen wird. Surfen."

Sie schaute mich mit einem typisch zweifelnden Blick an, den ich mittlerweile gut kannte.

„Das hast du doch noch nie gemacht, oder?"

„Aber ich habe auch noch nie am Meer gelebt."

„Und das Brett?"

„Kaufe ich gebraucht."

„Und wo willst du das lagern?"

Ein guter Einwand, soweit hatte ich noch nicht gedacht. Schnell musterte ich unsere Wohnung.

„Na da hinten, an der Wand." Ich zeigte auf unser Schlafzimmer.

„Du spinnst echt. Aber wenn du damit glücklich bist."

Zwei Wochen später hing ein wunderschönes Surfbrett bei uns im Schlafzimmer.

Voller Begeisterung lief ich mit dem Brett und Maite runter zum Strand, um den ersten Ausritt über die Wellen zu machen. Ich hatte hier schon erfahrene Surfer gesehen, die mit allen Klamotten mal kurz auf ihr Brett gesprungen und trocken zurückgekommen waren. So schwer konnte das also nicht sein.

„Ist nicht so einfach, oder?", fragte Maite etwas belustigt, als ich zum zehnten Mal versuchte das Segel aus dem Wasser zu holen.

Wie konnte man das nur so blöd konstruieren, dass sich das ganze Wasser immer im Segel sammelte. So konnte das mit dem Aufrichten von dem Ding doch nicht klappen. Und kalt war das jedes Mal, wenn ich wieder unerwartet ins Wasser fiel. Aber ein Neoprenanzug wäre hier am Mittelmeer unter meiner Würde gewesen.

Nach einer dreiviertel Stunde stand ich schließlich auf dem Brett, mit dem Segel fest in den Händen. Der Wind stand gut und schob mich zügig auf das Meer hinaus.

„Super! Weiter so, Jan!", hörte ich Maite stolz vom Ufer aus rufen. Ich war halt ein Naturtalent.

Nach ungefähr vierhundert Metern bemerkte ich ein Problem. Ich hatte mir keine Gedanken darüber gemacht, wie ich das Brett wenden könnte. Offenbar musste man dafür auch etwas mit dem Segel machen. Jeder Versuch führte aber nur dazu, dass ich gleich wieder im Wasser landete.

„Deine Freundin am Ufer hat gesagt, wir sollen mal nach dir schauen", rief mir nach einer weiteren dreiviertel Stunde ein netter Mann aus einem kleinen Segelboot zu. Offenbar war Maite in den Hafen gelaufen und hatte einem der Segler dort erzählt, dass sie sich ein bisschen Sorgen machte, weil ich immer weiter raustrieb.

„Da muss was an dem Brett kaputt sein, das Wenden klappt nicht. Ich habe das Teil gerade gebraucht gekauft."

„Schon klar, soll ich dich trotzdem zum Ufer schleppen?"

Dieses Angebot nahm ich gerne an. Völlig durchgefroren setzte ich mich zu ihm in das Segelboot und ließ mich wieder zu Maite bringen, mein Surfbrett im Schlepptau.

„War nicht so toll, oder?", fragte Maite mit leichtem Mitleid in der Stimme.

„Doch, ich glaube, das wird mein Sport. Ich lasse das Brett mal durchchecken und dann versuche ich das nochmal."

Ich versuchte es tatsächlich noch einmal. Noch genau einmal. Nach drei Wochen hing in unserem Schlafzimmer an der Stelle, an der vorher das Surfbrett hing, wieder ein Bild.

Maite schien zufrieden.

56

Die nächsten Wochen fühlte ich mich mit meinem Pendlerleben im Reinen.

Meine deutschen Kollegen liefen jetzt zum Ausklang des Sommers schon wieder mit grauer, herbstlicher Kleidung durch die Gänge. Ich dagegen hatte immer eine wunderbare leichte Bräune und fühlte mich zum Wochenstart wie frisch aus dem Urlaub.

Außerdem merkte ich aufgrund der neuen Flugstrecke, dass ich nicht alleine war. Das fiel mir bei meinen früheren Flügen aus Hamburg nicht so auf, weil wohl wenige Menschen mit Zwischenstopp in Paris unterwegs waren. Aber jetzt traf ich immer mehr Leidensgenossen. Barcelona als Wohnort schien in Mode zu sein.

Am meisten erstaunte mich das Zusammentreffen mit Klaus und Luise, während ich gerade am Flughafen in Barcelona in der Warteschlange für ein Taxi stand. Klaus kannte ich noch aus meiner Ausbildungszeit in Hamburg. Wir hatten zwar nicht viel miteinander zu tun, aber er war ein ganz netter Typ.

„Was macht ihr beiden denn hier?", fragte ich überrascht. „Gönnt ihr euch ein Kurzwochenende?"

„Wir wohnen schon seit einem Jahr hier", erwiderte Klaus.

Das war mal eine unerwartete Überraschung.

„Das ist ja ein Ding. Wir wohnen auch gerade wieder hier", sagte ich freudig. „Wo müsst ihr denn hin?"

„Ins Vila Olímpica", kam von Luise.

„Das gibt es doch nicht. Dann können wir uns ein Taxi teilen", grinste ich.

Wie sich auf der Fahrt rausstellte, hatte Luises Firma sie für zwei Jahre nach Barcelona geschickt. Und Klaus hatte beschlossen, sich für diese Zeit eine Auszeit zu nehmen und mitzugehen. Spannend, was die Menschen sich so trauen…

„Hier können wir halten", sagte Klaus zum Taxifahrer. „Du kannst ja noch weiter fahren, ich gebe dir mal die Hälfte des Fahrpreises", ergänzte er in meine Richtung.

„Nein, das passt schon. Ich muss hier auch raus."

„Wo wohnst du denn?"

„Links um die Ecke, vierter Stock. Und ihr?"

„Dort im Innenhof, zweiter Stock."

Das Fenster auf das er zeigte lag so, dass wir uns direkt in die Wohnungen schauen konnten. Die Welt ist manchmal wirklich klein.

Als wir abends zu viert in einem der Restaurants in unserer Straße saßen, merkte ich was bisher gefehlt hatte. Durch Klaus und Luise hatte ich jetzt das Gefühl sozial eingebunden zu sein. Es hatte etwas von Normalität sich abends mit Freunden zu treffen. Eine Normalität, die mir bisher in Barcelona gefehlt hatte.

Dazu kam das schöne Gefühl, dass Maite jetzt auch unter der Woche jemanden neben ihren Arbeitskollegen hätte mit dem sie sich mal treffen könnte.

57

„Klaus und ich spielen nachher Beachvolleyball", teilte ich Maite mit, während ich stolz einen nagelneuen Ball in der Hand hielt.

Ich hatte mich zuvor auf ein Nachmittagsbierchen mit Klaus am Strand getroffen. Dabei erinnerten wir uns, dass wir zu unseren gemeinsamen Zeiten in Deutschland auch ab und an Volleyball gespielt hatten. Zwar war das schon Jahre her und nicht im Sand, aber so schwer sah das nicht aus, was die Jungs hier am Strand zeigten.

„Schon wieder eine neue Sportart? Aber das ist ja schön, wenn ihr was zusammen habt. Luise und ich können dann einen Picknickkorb für den Strand fertig machen und euch ein bisschen anfeuern."

Gute Idee, dachte ich. Dann sehen unsere Mädels mal, wozu wir beiden Kerle so in der Lage sind.

Die Plätze lagen in einer windgeschützten Ecke im Strandabschnitt direkt vor unserer Haustür.

Nachdem wir uns eine gute Stunde zu zweit sehr offensichtlich eingespielt hatten, kam endlich einer der Spanier auf uns zu und fragte, ob wir gegen sie spielen wollten. Das mochte auch daran gelegen haben, dass alle anderen Spieler mittlerweile gegangen und keine anderen Gegner mehr zu finden waren.

Selbstsicher sagten wir unseren Gegnern vor Spielbeginn, dass wir ein wenig Rücksicht auf sie nehmen würden. Schließlich hatten Klaus und ich ja schon vor fünfzehn Jahren zusammen gespielt.

„Das kann doch nicht sein", hechelte ich völlig außer Atem. Es stand mittlerweile fünfzehn zu eins und wir hatten bisher gar nicht gut ausgesehen.

„Die bewegen sich halt viel flüssiger, die machen das ja auch schon seit Jahren", keuchte Klaus zurück. „Bei uns sieht das wahrscheinlich so steif aus, als ob da zwei Roboter spielen würden."

Das konnte ein Grund sein. Der andere Grund schien mir einfach, dass das Rennen in diesem verdammt tiefen Sand so schwer war. Und dass wir nur zu zweit auf unserer riesigen Feldhälfte unterwegs waren. Scheinbar war Beachvolleyball doch ein bisschen anstrengender als das normale Volleyball, das wir von früher kannten.

„Kommt schon, ihr schafft das", hörten wir die aufmunternden Rufe unserer beiden Frauen. Die beiden mussten uns wirklich lieben, so unermüdlich wie sie uns anfeuerten. Hätten wir nur ein bisschen von dieser Kondition für uns.

„Hat es Spaß gemacht?", fragte eine sichtlich fröhliche Maite, nachdem wir uns anderthalb Stunden im Sand abgemüht hatten.

Klaus und ich schauten uns an. Wir sahen völlig fertig aus. Verschwitzt und mit Sand paniert. Und wir hatten in Summe fünf Punkte in der ganzen Zeit gemacht.

„Ja, das machen wir wieder", sagte Klaus.

Und ich nickte zustimmend. Egal wie es aussah, es machte einfach Spaß dem Ball mit einem Freund hinterherzurennen. Der Rest würde sich mit der nötigen Übung von selbst ergeben.

„Das ist gut. Wir haben auch ein bisschen mitgefilmt, dann könnt ihr euer Spiel zu Hause analysieren", lachte Luise.

Das wäre doch nicht nötig gewesen.

58

Für das nächste Wochenende hatten wir uns mit Klaus und Luise verabredet, um einen Tag nach Blanes zu fahren. Wir wollten uns einen Tag Urlaubsgefühl in einem richtigen Ferienort gönnen. Blanes war in Richtung Norden der erste Ort, in dem der Ortskern nicht mehr durch die Nationalstraße und die Eisenbahnschienen vom Strand getrennt war.

„Ich glaube, das war die richtige Entscheidung", hörte ich Klaus sagen. Wir standen gerade auf einer ganz kleinen Halbinsel, auf der man zu Fuß einen ebenfalls sehr kleinen Felsen hinauf gehen konnte und schauten über das Meer. Es war, als ob wir mitten im Wasser stehen würden.

„Mal rauskommen ist wirklich schön. Wir müssen das echt mehr nutzen, wenn wir schon so dicht an solchen Ferienorten wohnen", bestätigte ich ihn.

„Wollen wir mal so richtig Tourist sein und uns eine Runde mit dem Boot gönnen?", schlug Klaus vor und zeigte dabei auf eines der typischen kleinen Schiffe mit Glasboden.

„Wenn schon, dann richtig Tourist", unterstützte Luise die Idee.

Die Reise würde nach Lloret de Mar gehen und

wieder zurück. Mit einem Zwischenstopp vor der dazwischen liegenden felsigen Küste, um den Meeresboden zu bewundern.

„Das ist glaube ich das erste Mal, dass ich auf so einem Ding bin", sagte ich. „Aber schlimmer als die Hafenfähren in Hamburg wird es wohl nicht werden."

„Wieso, wirst du leicht seekrank?", scherzte Luise.

„Ich? Blödsinn. Ich habe das Meer doch im Blut."

Wir setzten uns oben auf das Außendeck und das Schiff legte langsam ab. Alles ganz harmlos.

Bis wir dichter an diese verdammte Felsenküste rankamen. Ich konnte richtig merken wie sich mein Magen wehrte den immer stärkeren Schaukelbewegungen zu folgen. Ich konzentrierte mich den Blick schnurrgerade nach vorne zu richten und die Übelkeit unter Kontrolle zu halten. Hätte ich doch jetzt eine Tüte für den Notfall dabei gehabt.

„Alles gut?", fragte Klaus besorgt.

„Geht schon."

„Willst du mit runter kommen? Mal sehen, ob man durch den Glasboden was erkennen kann."

„Ich nicht."

„Können wir dich denn alleine lassen?"

„Ja."

Warum mussten besorgte Freunde immer dann versuchen mit einem zu reden, wenn man alle Kon-

145

zentration brauchte, um sich nicht zu übergeben?

Endlich gingen sie alle runter. Ich versuchte, die Frau drei Sitze neben mir zu ignorieren, die sich bereits in eine Einkaufstüte übergab. Zum Glück ging der Wind in die andere Richtung.

Es dauerte noch eine halbe Stunde, bis wir endlich in Lloret an Land gingen.

59

„Hat der zu viel gesoffen?", fragte irgendwer, während ich mit geschlossenen Augen am Strand lag und mich ganz langsam wieder erholte.

„Nein, der kann scheinbar nur keine Schiffe ab", hörte ich Klaus ein wenig belustigt antworten.

Das war gemein.

Als ich wieder aufstehen konnte sah ich, dass der Strand mit Menschen gefüllt war. Ich hatte mich voll bekleidet einfach zwischen die ziemlich jungen Badegäste fallen lassen, weil ich keinen Schritt mehr gehen konnte. Meine Freunde standen besorgt um mich herum.

„Geht wieder, lasst uns mal weiter gehen." Dabei schob ich mit dem Fuß etwas Sand über die kleine Menge Flüssigkeit, die mir aus dem Mund gelaufen war. Man, war das peinlich.

Wir gingen langsam die Promenade entlang.

Nach zehn Metern hatte uns der erste Anbieter von Strandaktivitäten erwischt. Er wollte uns den Ritt auf einer übergroßen Banane anbieten, die hinter einem Motorboot gezogen wurde. Sein ziemlich frecher Preis halbierte sich nachdem er merkte, dass Maite Spanierin war.

„Kommt, das machen wir", schlug ich vor. Schließlich wollte ich ein wenig Respekt zurück gewinnen. Und die Banane würde bestimmt nicht an irgendeiner Felswand so stark ins Schwanken kommen, dass mir schlecht werden könnte.

„Da müssen wir ja alles ausziehen, der schmeißt uns doch bestimmt auf halbem Weg ins Wasser", kam der Einwand von Luise.

„Ach was, wir müssen uns nur ordentlich festhalten."

„Bist du sicher?"

„Klar, das habe ich schon öfter gemacht." Was waren die alle feige.

Nach zehn Minuten hatte ich sie überzeugt. Zumindest alle bis auf Luise. Die bot immerhin an unsere Wertsachen am Ufer trocken zu halten. Während die anderen beiden ihre Sachen bei Luise abgaben, weigerte ich mich natürlich. Angsthasen.

„Seht ihr, alles unter Kontrolle", rief ich, während ich bei voller Fahrt mit Klaus und Maite auf der Banane saß, die nackten Füße im Wasser hängend.

Genau in dem Moment machte das Motorboot, das uns zog, eine scharfe Wendung. Als ob das Absicht war.

„Ich habe es doch gesagt", schimpfte Luise mit mir, als wir alle drei klitschnass wieder am Ufer waren.

„Das konnte doch keiner ahnen." Traurig schaute ich auf mein tropfendes Portemonnaie. Das Handy hatte ich bereits zum Trocknen auf die Promenadenmauer gelegt. Bringen würde das wahrscheinlich nichts mehr.

„In Summe war es doch ganz schön, so erlebt man wenigstens mal was", sagte ein fröhlicher Klaus, als wir wieder auf dem Schiff Richtung Blanes fuhren.

Die beiden Mädels schauten ihn kritisch an. Ich beschloss lieber zu schweigen. Das wäre jetzt sowieso besser, um die Übelkeit zu kontrollieren.

60

Dieses Wochenende im Herbst fand, wie jedes Jahr, „la fiesta del cielo" in Barcelona statt. Das „Fest des Himmels".

Bei strahlend blauem Himmel und angenehmen 20 Grad standen wir staunend auf der Promenade und beobachteten das Spektakel. Ich kannte zwar auch aus Deutschland spektakuläre Papierdrachen, aber so etwas hatte ich noch nicht gesehen. Vom kleinen Kinderdrachen über größere fliegende Tiere ging es bis zu kompletten, riesigen Gebäuden die da am Himmel standen. Die schiere Menge an buntem Papier, die sich hier am Strand im Himmel tummelte, war einfach überwältigend.

„Ja?", fragte ich, als Maite mich von hinten leicht auf die Schulter tippte. Als ich mich umdrehte merkte ich, dass das gar nicht Maite war. Die stand mit Klaus und Luise ein paar Meter entfernt und die drei beobachteten mit einem Schmunzeln, was mir gerade widerfuhr. Ein großer Lenkdrache wurde von einem ziemlich weit entfernt stehenden Mann mit so viel Feingefühl gesteuert, dass er die unwissenden Passanten damit unbemerkt antippen konnte. Beeindruckend.

Als wir weitergingen lenkte ich das Gespräch auf ein Thema, das Maite und mich schon eine Zeit lang beschäftigte: „Habt ihr euch eigentlich schon überlegt hier eine Wohnung zu kaufen?"

„Nein, das macht doch bei den Preisen hier gar keinen Sinn", sagte Klaus. Und Luise ergänzte: „Zumindest würden wir uns hier nichts leisten können, in das ich einziehen wollen würde. Außerdem läuft unsere Zeit hier doch nächstes Jahr schon ab."

Diese ernüchternde Einschätzung der beiden zu den Preisen entsprach leider genau dem, was Maite und ich auch schon erahnt und teilweise erlebt hatten.

Die richtig schönen Wohnungen waren uner-schwinglich teuer, selbst ohne Meerblick. Wenn sie überhaupt zu haben waren. Zu oft hörten wir bei den Maklern, dass genau die schönste Wohnung im Haus schon für einen Neffen oder einen Onkel oder sonst jemanden reserviert sei. Das war natürlich deshalb nicht so schlimm, weil wir uns diese Wohnungen sowieso nicht leisten könnten.

Aber auch die normalen Wohnungen waren so teuer, dass es meistens für uns nicht finanzierbar gewesen wäre. Und die Wohnungen bei denen es mit einer unglaublich hohen Hypothek gegangen wäre wollte wirklich niemand haben. Nicht mal wir.

Leider machten die Banken mit ihren Angeboten einem trotzdem immer wieder Hoffnung. Und das lag nicht daran, dass sie noch einen Fernseher und ein Geschirr-Set als Zugabe zur Hypothek ver-schenkten.

Nein, die Banken lockten mit der Verzinsung. In Deutschland war mir immer klar gewesen, dass ich eine Hypothek mit einem über zwanzig oder dreißig Jahre festen Zinssatz und mindestens zwanzig Pro-zent Eigenkapital abschließen würde, wenn es mal so weit wäre. Wie jeder den ich kannte. Darauf zielte die Werbung der deutschen Banken auch ab.

Hier war es genau anders. Die Angebote mit gleichbleibender Rate musste man suchen. Stattdes-sen bewarb jede Bank ihre Hypotheken mit variab-len Zinsen und ganz ohne Eigenkapital. Unglaublich was für Beträge man sich damit theoretisch mit seinem kleinen Einkommen leihen konnte. Aber eben nur theoretisch. Und vor allem nicht mit meinem deutschen Bedürfnis nach planbaren Ausgaben.

„Aber wenn ihr wirklich so scharf auf ein Eigenheim seid, warum schaut ihr dann nicht mal im Umland. Da werden doch ständig neue Baugebiete aufgemacht und die Preise sind nicht ganz so schlimm", brachte Klaus als Vorschlag.

Das war es. Warum waren wir nicht selbst darauf gekommen.

61

Mit neuem Elan schauten Maite und ich uns die nächsten Wochenenden voller Begeisterung die Angebote im Internet und in den Schaufenstern der Immobilienbüros an.

„Das hier sieht doch gut aus", sagte ich, als wir vor einem solchen Schaufenster standen.

Da war ein richtig schönes Neubaugebiet zu sehen, in einer stilisiert angedeuteten, wunderschönen grünen Umgebung. Die zweigeschossigen Häuser waren nett angeordnet und hatten sogar eigene Gärten. Und das Ganze war nur zwanzig Kilometer von Barcelona entfernt.

Der Preis war zwar auch ganz schön happig, aber

wir hatten uns mittlerweile an das Niveau gewöhnt. Ein paar Jahre vorher hätte ich bei so einem Preis nie darüber nachgedacht etwas zu kaufen.

Wir fuhren am nächsten Tag direkt los, um uns dieses Paradies aus der Nähe anzusehen. Je mehr ich darüber nachdachte, desto besser konnte ich mir vorstellen ein wenig außerhalb des ganzen Trubels zu leben.

„Hier müsste es irgendwo sein", sagte Maite.

Sie blickte konzentriert auf die Straßenkarte. Unser Navi half hier nicht viel, weil das Baugebiet noch zu neu war, um dort verzeichnet zu sein. Tatsächlich sah man kurz darauf einige Häuser im Rohbau zur linken Seite.

Wir fuhren in die kleine Siedlung. Die Häuser waren wirklich hübsch. Neben einem stand ein großes Schild, dass hier Besichtigungen durchgeführt wurden.

„Irgendetwas ist komisch", murmelte ich vor mich hin.

Maite schaute mich fragend an. Dann schauten wir beide um uns rum.

„Hier ist sonst nichts", sagte ich. „Gar nichts."

Hier standen einfach ein paar hübsche Häuser im absoluten Nichts. Die Stelle schien willkürlich irgendwo am Verlauf der Landstraße ausgewählt worden zu sein. Alles herum sah karg und staubig aus. Hier könnte ich niemals wohnen.

„Willst du das Schauhaus von innen sehen?",

fragte Maite.

„Muss nicht sein", sagte ich mit leichtem Kopf-schütteln.

Ich erklärte Maite, was mir durch den Kopf ge-gangen war. Sie schaute mich einige Sekunden lang an und sagte dann verständnisvoll: „Wenn du dir das hier gar nicht vorstellen kannst, ist das halt so. Wir können ja weiter suchen, es gibt bestimmt noch schönere Ecken."

Wir drehten noch eine Runde durch das Bauge-biet und gingen, ohne am Modellhaus anzuhalten, zum Auto.

Wie sich rausstellte war dieses Baugebiet leider kein Einzelfall. Die Logik die wir schließlich er-kannten war immer dieselbe. Entweder die Häuser hatten wirklich eine schöne Umgebung und waren unbezahlbar, oder sie befanden sich im absoluten Nichts.

Wir gewöhnten uns also wieder an den Gedan-ken, dauerhaft in unserer schönen Mietwohnung zu bleiben.

62

Es war wieder Winter geworden. Schon aus dem Flugzeug hatte ich gesehen, dass sich mir ein seltenes Bild bieten würde. Eine dünne weiße Schneeschicht lag über Barcelona.

Etwas schlecht gelaunt wegen des kühlen Wetters ging ich in Richtung des Taxistands am Flughafen. Solche Temperaturen bedeuteten immer, dass unsere Heizung mit der schlechten Isolierung unserer Wohnung überfordert war. Wenigstens hatten wir eine Heizung, das war in diesen Breitengraden durchaus nicht selbstverständlich.

Kurz vor der Ausgangstür wurde ich abgefangen.

„Sorry, können Sie mir helfen?"

Vor mir stand jemand der aussah wie ein Tourist, der sich in der Jahreszeit vertan hatte. Über einem bunten Hawaiihemd hing eine etwas zu groß geratene Kamera. Die kurzen Hosen endeten kurz über den Kniestrümpfen. Und das im Winter. Touristen.

„Was ist denn los?"

„Meine Brieftasche wurde geklaut. Alles ist weg, auch mein Flugticket. Ich weiß nicht wie ich zurück nach Amerika kommen soll."

„Und wie kann ich helfen?"

„Ich brauche fünfhundert Euro, um mir ein neues

Ticket zu kaufen. Ich überweise das dann auch sofort, wenn ich wieder zu Hause bin."

„Haben Sie es schon in Ihrer Botschaft versucht?"

„Ja, aber die helfen mir nicht."

„Mal bei der Polizei gefragt?"

„Die helfen auch nicht."

„Sorry, aber da kann ich auch nicht helfen."

Für so eine Aktion war ich doch zu misstrauisch. Wären es jetzt zehn Euro gewesen, vielleicht. Aber fünfhundert?

Mit etwas schlechtem Gewissen den armen Mann so zurück zu lassen, ging ich weiter zum Taxistand.

Klaus stand ungefähr in der Hälfte der Schlange.

„Auch wieder unterwegs?", fragte ich.

„Ja, ich habe mal ein wenig meine Verwandtschaft besucht. Ich muss ja derzeit nicht arbeiten."

Ich stellte mich neben ihn, schließlich konnten wir uns das Taxi teilen. „Das wird eine nette Heimfahrt mit dem Schnee, was?"

„Ja, ich glaube kaum, dass hier jemand wegen den zwei weißen Tagen Winterreifen aufgezogen hat."

So war es dann auch. Wir rutschten mit den anderen Verkehrsteilnehmern unserem Ziel entgegen.

Während der Fahrt fragte uns der Taxifahrer, ob wir auch von dieser neuen Masche gehört hätten, die offenbar seit einigen Wochen am Flughafen lief. Dass einem da als Touristen verkleidete Leute vorspielten, sie hätten ihr Ticket und ihr Geld verloren. Die Welt ist doch böse. Zumindest manchmal.

Nach einer gefühlten Unendlichkeit verabschiedete ich mich von Klaus und stand endlich wieder vor unserer Wohnungstür.

Als ich eintrat lächelte Maite mich erwartungsfroh an. Das waren diese Momente, in denen mir alles andere auf der Welt einfach nur egal war. Für diesen Moment nahm ich die Reise gerne auf mich.

„Wollen wir noch eine Runde spazieren gehen vor dem Essen? Ich muss mich nach der langen Taxifahrt ein bisschen bewegen."

Wir fingen an durch die dünne Schneeschicht zu stapfen.

„Der Winter ist hier auch ganz schön kalt", meckerte ich. Wenn schon fliegen, dann wenigstens ins Warme.

„Ja, aber trotzdem ist es heller als in Deutschland. Hier kriegst du zumindest tagsüber genug Sonnenlicht ab. Und es gibt andere tolle Sachen", sagte sie. Und dabei zeigte sie auf einen Stand, an dem es Teigwürste mit Kaffee zu geben schien.

Ich schaute ein wenig fragend.

„Das sind Churros", sagte sie und leckte sich dabei schon ein wenig die Lippen. „Und am besten sind die mit Schokolade. Also Churros con Chocolate."

Kurze Zeit später gab es ein neues Highlight der spanischen Küche für mich. Die Churros stellten sich als ein in heißem Fett frittierter Teigstrang raus, den ich in eine Tasse mit wirklich dickflüssiger Schokolade tauchen konnte. Jetzt wusste ich wieder warum ich in Spanien lebte – einfach lecker!

63

Ich merkte zunehmend, dass mir die wöchentlichen Reisen die Energie aus dem Körper saugten. Ich fühlte mich eigentlich immer nur müde, egal ob ich in Bonn oder in Barcelona war.

Dazu hatte ich etwas verloren von dem ich vorher gar nicht wusste, dass ich es besaß. Ein Heimatgefühl.

Wenn ich mich nun zurück erinnerte merkte ich, dass dieses Heimatgefühl damals in Hamburg wohl vorhanden gewesen war. Aber seit es nur noch Barcelona und Bonn in meinem Leben gab und keine der beiden Städte richtig, kam ich mir immer öfter verloren zwischen diesen beiden Welten vor.

Maite merkte natürlich, dass etwas nicht stimmte. Nach einigen Wochen, in denen meine Stimmung immer düsterer wurde, ließ sie meine Ausreden schließlich nicht mehr zu.

„Was ist denn jetzt wirklich los mit dir? Das kann doch nicht nur die anstrengende Reise sein. Du kommst jede Woche unglücklicher wieder zurück."

„Nichts, alles gut."

„Das stimmt doch nicht."

Sie schaut mich erwartungsvoll an. Also gut, warum nicht die Wahrheit sagen. Besser das, als wenn in ihrem Kopf noch schlimmere Phantasien entstehen würden.

„Ich kann einfach nicht mehr."

„Was denn? Die Arbeit?"

„Nein, die ist kein Problem. Es ist dieses ständige auf Reisen sein. Ich will auch mal wieder ein normales Wochenende haben. Ohne Fliegen, einfach nur mit viel Zeit."

„Aber wir haben hier doch das ganze Wochenende Freizeit. Alles andere erledige ich doch schon unter der Woche."

Das stimmte. Aber das war auch nicht das Problem.

„Mir fehlt einfach ein normaler Ablauf. Dieses Wochenende feiert zum Beispiel Fred seinen Geburtstag. Da wäre ich super gerne dabei. Das geht aber nicht, weil ich dann nicht hier wäre."

„Aber warum bist du dann dieses Wochenende nicht einfach nach Hamburg gefahren, wenn dir das so wichtig ist. Ich hätte ja auch hinfliegen können."

„Das ist ja nur ein Beispiel. Immer wieder finden an den Wochenenden Sachen statt, an denen ich gerne dabei wäre. Einfach, um auch dort am Leben teil zu nehmen. Und ich möchte mal mehr Zeit an einem Wochenende haben und nicht an Flughäfen rumhängen."

Ich merkte wie satt ich das hatte.

Das Wochenende wurde nicht schön. Statt unsere kurzen zwei Tage zu genießen, besprachen wir was ich da gesagt hatte. Zwischendrin mussten wir unsere Vorräte an Taschentüchern auffüllen. Ich konnte mich nicht erinnern, dass wir in unserer Beziehung schon einmal so viel geweint hatten.

„Ich sehe einfach nicht wie ich das bis zur Rente durchhalten soll", versuchte ich zu erklären. „Es geht ja nicht mehr nur um ein paar Jahre Pendeln. Wir wissen doch jetzt, dass das nie aufhören wird."

Zu der Schlussfolgerung war ich während der vielen Stunden im Flieger gekommen, in denen ich mehr als genug Zeit zum Nachdenken hatte.

Fest stand, ich kriegte den vollständigen Sprung nach Spanien nicht hin. Dafür gab es in Deutschland zu viele Sachen, die ich nicht loslassen konnte und wollte. Und der Versuch mit uns beiden in Deutschland war auch schon gescheitert. Also sprach ich jetzt aus was mir als einziger Ausweg in den Kopf gekommen war: „Vielleicht sollten wir versuchen, dass jeder für sich ein eigenes Leben aufbaut. Da wo er hingehört eben."

„Uns trennen?", schluchzte Maite ungläubig.

„Ja", schluchzte ich zurück.

Ich hatte vorher noch nie die Situation, dass ich über das Ende einer Beziehung nachdachte in der

159

sich beide noch liebten. Warum sollte man so eine Beziehung unter normalen Umständen auch beenden. Aber in diesem Fall schien es mir die einzige logische Lösung. Weitergehen konnte es so zumindest nicht.

„Und wenn du ab und zu ein Wochenende in Deutschland bleibst? Du musst ja nicht jedes Wochenende kommen", schlug Maite halbwegs gefasst vor.

Die Idee hatte ich für mich eigentlich schon ausgeschlossen, weil es auch wieder keine echte Lösung wäre. Aber nach so vielen Tränen war ich jetzt bereit nach jedem Strohhalm zu greifen.

„Das könnten wir ausprobieren. Ich buche die nächsten Flüge einfach nur jede zweite Woche. Vielleicht geht es so dann doch", sagte ich, während ich ein weiteres feuchtes Taschentuch zur Seite legte.

Als ich diesen Sonntag wieder Richtung Flughafen musste, hatten wir uns wieder beruhigt. Schließlich hatten wir eine Lösung gefunden, mit der es erst einmal weitergehen konnte.

Was ich nicht bedacht hatte: Statt aus acht Tagen würde unsere Beziehung jetzt nur noch aus vier Tagen im Monat bestehen. Ich war wohl einfach zu müde, um mir über die Folgen im Klaren zu sein.

64

Mein zweiwöchiger Rhythmus war angelaufen. Ich merkte wie sich mein Leben entspannte. Die Flüge nach Barcelona kamen mir jetzt wieder wie Urlaubsreisen vor. Und an den Wochenenden in Deutschland hatte ich das Gefühl unendlich viel Zeit zu haben. Klar, es gab ja weder Flugzeiten noch Beziehungsleben an diesen Wochenenden.

Dieses Wochenende im April war ein Barcelona-Wochenende.

Es war Sant Jordi, der Tag des heiligen Georg. Dieser Feiertag war in Barcelona der Tag der Liebenden. Die Männer schenkten den Frauen rote Rosen und die Frauen schenkten den Männern dafür ein Buch. Sowohl die Werbung für Blumen und Bücher, als auch die Anzahl an Straßenhändlern die beides verkauften, war zu dieser Zeit beachtlich.

Ich wollte auf jeden Fall die obligatorische Rose besorgen, schließlich hatte ich Maite jetzt zwei Wochen am Stück nicht gesehen. Und außerdem würde mich mit Sicherheit ein Buch zu Hause erwarten, da wollte ich nicht mit leeren Händen dastehen.

Ich war spät gelandet und hoffte verzweifelt, dass mir auf den letzten Metern bis zu unserer Wohnung noch ein Straßenhändler über den Weg laufen würde. Das tat er auch. Schon von weitem konnte ich den Bund Rosen in seiner Hand sehen.

Ich rannte mit meinem Rollkoffer auf ihn zu. „Ich brauche eine langstielige Rose", sagte ich. „Was kostet die?"

Er lächelte, nahm ein besonders schönes Exemplar und sagte: „Fünf Euro."

Ich unterdrückte meinen Schock über diesen Preis und zog mein immer noch leicht lädiertes Portemonnaie aus der Hosentasche. Schließlich waren Rosen heute Mangelware in der Stadt.

Was ich sah, sah nicht gut aus.

„So viel Kleingeld habe ich nicht im Portemonnaie", stellte ich entsetzt fest. „Geht auch eine Karte?"

Natürlich ging das nicht, wo sollte der Mann denn den Kartenleser versteckt haben. Ich versuchte also das Mitleid des Rosenmannes anzusprechen. Das endete schließlich damit, dass ich den ganzen verbliebenen Inhalt meines Portemonnaies in seine Hand kippte.

„1,63 Euro? Du willst mich veräppeln, oder?" fragte er.

Er musterte mich eine Zeit lang, wie ich mit meinem traurigen Blick dastand. Schließlich schien er zu merken, dass ich zum einen wirklich nicht mehr dabei hatte und zum anderen nicht gewillt war ihn ohne Rose zu verlassen. Also zeigte er seine menschliche Seite.

„Die hier kann ich dir dafür geben, aber nur weil ich Mitleid habe", sagte er. Und zog dabei das unglücklichste Exemplar einer Rose aus seinem Bündel das ich je gesehen hatte. Die Blüte hing bereits verdächtig nach unten, der Stiel war geknickt und hatte nur noch ein Blatt.

Wahrscheinlich hätte er das arme Ding in der nächsten halben Stunde entsorgt. Aber egal – ich war gerettet. Mit einem leicht zerknirschten Lächeln bedankte ich mich und eilte weiter zu unserer Wohnung.

Maite schaute das halbtote Geschöpf in meiner Hand eine Zeit lang etwas erstaunt an. Dann lachte sie, nahm die Rose und gab mir einen Kuss.

Während ich meine Reisemontur auszog stellte sie die Rose in eine Vase, mit der die Blume zumindest ein wenig gerade wirkte. Danach brachte sie mir mein Geschenk. Einen dicken Wälzer über die Schönheiten Spaniens.

Ein schöner Start in ein schönes Wochenende.

65

Nachdem wir den Winter überstanden hatten, stand Ostern vor der Tür. Überstanden hieß in diesem Fall, dass die Temperaturen in Barcelona meistens zwischen fünf Grad und zwanzig Grad am schwanken gewesen waren. Klaus und ich hatten sogar weiter Beachvolleyball gespielt, wenn auch mit etwas mehr Kleidung als die in der Regel wenig bekleideten spanischen Jungs. Aber jetzt war Frühling.

Ostern war erfahrungsgemäß die Zeit, in der viele Touristen mit ziemlich luftiger Sommerkleidung erwartungsvoll in Barcelona landeten. Das war mutig. Denn von Juni bis weit in den Oktober hinein konnte man sich hier zwar auf bestes Sommerwetter verlassen. Aber im April konnte es auch mal richtig fies sein. So auch dieses Jahr.

Mit dicken Pullovern und Regenjacken gingen Maite und ich wieder einmal die Promenade am Meer entlang. Zwischendrin spritzte immer mal wieder eine kleine Fontäne aus den locker verlegten Steinen bis auf Kniehöhe an unsere Hosen. Um uns herum sahen wir viele leicht bekleidete aber stark durchnässte Touristen durch den kühlen Regen gehen. Der Regen schien keinen von ihnen richtig zu stören.

„Eigentlich müssen wir aus dem Frühling hier noch mehr machen", sagte ich voller Tatendrang.

„Was denn noch?", entgegnete Maite, „Wir haben doch sowieso nur vier Tage im Monat zusammen. Und da spielst du auch noch Volleyball mit Klaus."

„Ja, aber etwas bei dem wir uns beide zusammen bewegen können."

„Und was soll das sein?"

„Ich hatte an Radfahren gedacht. Dann sehen wir noch ein bisschen mehr von der Umgebung und nicht immer nur unsere Ecke vor der Haustür."

Maite ließ sich überzeugen. Sie war zwar nicht Feuer und Flamme, aber es würde ihr schon gefallen.

Noch am selben Tag fanden wir uns in der Fahrradabteilung des nahen Kaufhauses wieder.

„Das hier passt gut für mich", hörte ich von Maite, während sie auf einem Trekkingrad saß und den Sattel testete.

„Für mich sind die alle zu klein", sagte ich etwas frustriert.

Wir hatten uns bewusst vorgenommen günstige Räder zu kaufen. Für den Fall, dass es doch keinen Spaß machen würde.

„Das einzige halbwegs Passende wäre das hier. Aber der Sattel ist mindestens zehn Zentimeter zu kurz."

Das war offenbar das Zeichen für den Verkäufer, der neben uns die Regale eingeräumt hatte, aktiv zu werden.

„Die beiden Fahrräder sollen es sein?"

„Eigentlich ja, aber der Sattel ist zu klein für mich."

Er schraubte den Sattel bis zum Anschlag nach oben. Trotzdem saß ich immer noch in einer erbärmlichen Kauerhaltung auf dem Rad.

„Habt ihr nicht einen etwas längeren Sattel?"

Er schaute sich kurz um und schien nachzudenken. Dann steuerte er zielstrebig auf eines der wirklich teuren Rennräder zu und zog dort den Schnellverschluss-Sattel ab. Ich schaute etwas ungläubig. Das würde er doch nicht wirklich tun wollen, oder?

Doch, er tat es. Gewaltsam stopfte er den längeren Rennrad-Sattel in den eigentlich zu kleinen Verschluss meines Trekkingrades.

„Geht es jetzt?"

Ich setzte mich zur Probe. Die Sattelhöhe war perfekt. Allerdings hing ich jetzt mit dem Oberkörper viel zu weit nach unten. Den Lenker konnte man schließlich nicht weit genug nach oben ziehen. Bequem war das nicht.

„Prima. Die nehmen wir so", antwortete ich trotzdem. Ich konnte ja schlecht sagen, dass ich das Rad nicht wollte, nachdem er gerade einen Sattel für mich zerstört hatte.

Maite schaute etwas skeptisch aber ließ mich gewähren. Schließlich würde ich selbst damit fahren müssen.

66

Die beiden Fahrräder zogen erstmal vor die Schlafzimmerwand an der damals schon mein Surfbrett gehangen hatte. An Maites Blick konnte ich erkennen, dass das sicherlich keine Dauerlösung sein würde.

Wir hatten uns gestern noch eine Karte mit den Radwegen in Barcelona besorgt und wollten heute gleich nach dem Frühstück eine erste Tour zum Ausprobieren machen.

Das Wetter hatte sich beruhigt und bei sonnigen fünfzehn Grad waren wir nicht die Einzigen, die auf Fahrrädern unterwegs waren.

Während wir die Strandpromenade nach Norden hochfuhren, überholten wir mehrere Herren mittleren Alters. Fast alle hatten eine schicke Komplettausrüstung an, von den Schuhen, über den windschnittigen Anzug, bis zum Sporthelm. Wofür diese bei dem Schritttempo in dem alle fuhren gut war, hatte ich noch nicht rausgefunden. Aber wahrscheinlich ging es dabei einfach um das gute Gefühl, sportlich zu wirken. Das war bei mir ja nicht anders.

„Wunderbar, oder?", fragte ich Maite. Der leichte Wind strömte mir angenehm ins Gesicht, während wir an der Kulisse des Meeres vorbei radelten.

Nach kurzer Fahrt Richtung Norden kamen wir auf die Höhe, wo der Fluss Besòs ins Meer führte. Das würde schön werden, wenn wir dem Flußbett gleich bis zur Stadtgrenze folgen würden.

„Was ist das denn?", entfuhr es mir, nachdem wir ein paar Minuten den Fluss hinauf gefahren waren. „Das ist ja total hässlich hier."

Ich hatte eine Radtour wie am Rhein entlang erwartet. Das hier war aber ganz anders. Das Flussbett hatte wenig Wasser, dadurch sahen wir überall recht viel Dreck. Statt auf eine schöne Landschaft blickten wir zu beiden Seiten auf graue Betonwände.

„Lass uns lieber ein bisschen durch die Stadt fahren", schlug ich vor, um dem Anblick zu entkommen. Wahrscheinlich war es gar nicht so schlimm, aber für mich, im Vergleich zur Elbe oder zum Rhein einfach unerwartet anders.

Wir schauten also auf die Karte und tauchten an der ersten Stelle in die Stadt ein an der wir einen Radweg finden konnten.

Ängstlich schaute ich immer wieder zu Maite. Die Radwege waren nicht immer gut von der Straße abgetrennt und irgendwie hatte ich das Gefühl, dass die Autofahrer hier noch nicht an Radfahrer gewöhnt waren. Dazu kam, dass die Radwege immer wieder plötzlich aufhörten und erst ziemlich weit weg das nächste Stück begann. Wahrscheinlich war es nicht einfach in einer so eng bebauten Stadt nachträglich Raum für Radwege zu schaffen.

„Wollen wir wieder runter zum Hafen?", fragte ich Maite schließlich nach einer guten Stunde.

Es war einfach nicht entspannend. Dazu merkte ich, dass meine Schultern vom zu tiefen Lenker schmerzten. Maite nickte sofort zustimmend.

Wir fuhren an diesem Tag noch zweimal auf der Strandpromenade zwischen den Wohngebieten Barcelonetta im Süden und Diagonal Mar im Norden hin und her. Zweimal, weil die beiden nur ungefähr vier Kilometer entfernt lagen.

„Siehst du, Radfahren macht richtig Spaß", versuchte ich meine Entscheidung für den Fahrradkauf schön zu reden.

Maite lächelte nur vor sich hin. Gut, dass sie mir so blöde Ideen nie übel nahm. Die Fahrräder würden unser Schlafzimmer bestimmt nicht lange belegen.

67

Im Sommer war die Zeit der Hochzeiten.

Nicht nur in Deutschland, nein auch Maites Freundinnen hatten diesen Sommer drei davon zu bieten. Natürlich alle in Salamanca. Damit es nicht zu hektisch wurde und wir gemeinsam aus

Barcelona anreisen konnten, hatte ich mir für diese Hochzeit eine Woche Urlaub genommen.

„Enrico hat gesagt, sie haben für dich extra einen Teller Spaghetti bestellt. Wie für die anderen Kinder", lachte Maite mich an.

Das war nett vom Bräutigam. Es hatte sich mittlerweile rumgesprochen, dass ich mit Meeresfrüchten aller Art wenig anfangen konnte.

„Und einige haben schon gefragt wann wir denn jetzt unsere Hochzeitsfeier nachholen." Dabei schaute sie mich erwartungsvoll an.

Stimmt ja, das wollten wir noch tun. Ich hatte das ehrlich gesagt gar nicht mehr im Kopf gehabt.

„Nicht dieses Jahr, oder? Für dieses Jahr reichen drei Hochzeiten, sonst verlieren die Gäste noch die Lust am Feiern. Aber machen werden wir das natürlich noch."

Das schien als Antwort erstmal zu reichen. Ich war mir gar nicht mehr so sicher, dass die große Feier noch irgendwann stattfinden würde. Irgendwie waren wir schließlich schon ziemlich lange verheiratet.

Die Trauung verbrachte ich vor der Kirche wartend. Das fand der eine oder andere zwar ein wenig merkwürdig, aber ich mochte diese Kirchenstimmung einfach nicht. Zudem waren draußen sonnige 27 Grad. Nach zwei Pils in der Bar gegenüber der Kirche öffneten sich schließlich die Türen.

Als wir alle in der Schlange standen, um dem

Brautpaar zu gratulieren, merkte ich wie schön diese Anlässe waren. Schließlich waren das die wenigen Momente, in denen man all die liebgewonnenen Menschen wiedersehen konnte, denen man im Alltag nicht mehr begegnete. Ich konnte Maite richtig ansehen wie sie es genoss, hier mit allen wie in alten Zeiten reden zu können.

Das rustikale Restaurant für die Feier lag etwas außerhalb. Der Vorspeise folgten drei verschiedene Schalentiere. Für mich und die anderen Kinder gab es stattdessen wie versprochen eine große Portion Spaghetti. Ich würde für die nächsten Hochzeiten mal anregen, ob Pizza nicht auch als Alternative in Betracht käme.

Die erste Stunde der eigentlichen Feier fand im Keller des Restaurants statt. Danach ging es wieder auf die berühmte Tour durch die Tapas-Bars der Stadt. Ich hatte mich mittlerweile an diesen Ablauf gewöhnt und fühlte mich als halber Spanier. Wie immer waren wir alle darauf bedacht in keiner der Tapas-Bars länger als eine halbe Stunde zu verweilen. Zwischendrin trafen wir noch auf drei andere Hochzeitsgesellschaften. Der Sommer schien wirklich die Zeit zum Heiraten zu sein.

Morgens um fünf torkelten wir schließlich langsam nach Hause. Maite und viele andere Mädels barfuß. Damenschuhe mussten wohl nur schön aussehen, aber nicht bequem sein. Das war hier offenbar genauso wie zu Hause in Deutschland.

„Schön so ein Wochenende mit allen zusammen, oder?", fragte Maite, als wir wieder Richtung Barcelona fuhren.

Ich merkte, dass sie gerne bei ihren Freunden geblieben wäre. Und ich konnte es verstehen.

68

Wir wollten den Rest unserer Urlaubswoche nutzen, um endlich einen Freund von Maite in Valencia zu besuchen. Maite hatte ihm das schon ewig versprochen, wir hatten es aber wegen unserer kurzen und wertvollen Wochenenden bisher nicht umgesetzt.

Javi hatte Salamanca wegen seiner Freundin vor fünf Jahren in Richtung Valencia verlassen. Valencia lag von Barcelona aus ungefähr 350 km weiter südlich am Mittelmeer. Das versprach noch mehr Urlaubsgefühl als es schon in Barcelona aufkam. Diese Reise würde mir mit Sicherheit gefallen.

Gegen frühen Abend kamen wir in Valencia an. Wir hatten uns direkt in der Stadt verabredet, damit wir noch ein bisschen zusammen bummeln und etwas essen konnten, bevor wir unsere Gästezimmer bei Javi und Yola beziehen würden. Der Parkplatz, den wir als Treffpunkt vereinbart hatten, war gut gefüllt. Trotzdem sah man vereinzelt noch genug freie Plätze. In Bonn wären so viele freie Plätze auf einem gebührenfreien Parkplatz in Zentrumsnähe schwer zu finden gewesen.

„Warum winkt uns denn der Mann da so hektisch?", fragte ich Maite.

„Der zeigt dir, dass da etwas frei ist."

Ich schaute sie verdattert an. „Das sehe ich doch selber. Hier sind sogar noch fünf Plätze in dieser Reihe frei."

Maite klärte mich auf: „In Barcelona sieht man das eigentlich nie, aber hier ist das nicht unüblich. Der Mann verdient sich damit ein paar Euros und passt dafür auch ein bisschen auf dein Auto auf."

„Warum muss er denn darauf aufpassen?", fragte ich einfältig.

„Na, damit es keine Kratzer oder ähnliches kriegt", sagte sie und zwinkerte mir dabei zu.

Okay, den Hinweis hatte ich verstanden. Keine Ahnung ob hier wirklich Gefahr drohte, aber sicher war sicher. Also fuhr ich an drei freien Parkplätzen vorbei und parkte in dem speziell für mich freigehaltenen ein. Ausgerechnet dieser Parkplatz war leider sehr schmal und noch dazu direkt neben einem Dornenbusch. Ich ignorierte die auf meinem Vorderarm entstandenen Kratzer und drückte meinem Einweiser mit einem freundlichen Lächeln einen Euro in die Hand.

Erstaunlicher Weise fühlte ich mich dabei gut.

Ich konnte etwas Gutes tun und hatte gleichzeitig das schöne Gefühl, dass mein Auto sicher war.

Valencia war nochmal ganz anders als Barcelona. Irgendwie für mein Gefühl noch spanischer. Es gab noch mehr Orangenbäume. Es war nochmal deutlich wärmer. Und es gab noch weniger Menschen die mir ähnlich sahen.

Hier waren dunkle Haare, dunkle Augen und eine gut gebräunte Haut deutlich stärker vertreten als in Barcelona. Das hatte einen interessanten Effekt auf mich, den ich so bisher nicht kannte. Ich fühlte mich das erste Mal so richtig als Fremder und Tourist. Ich hatte ständig das Gefühl, dass alle um mich herum wussten, dass ich eigentlich nicht hierher gehörte.

Am letzten Tag unseres Besuchs bei Javi und Yola machten wir als Höhepunkt der Reise eine Bootstour in den Naturpark Albufera. Eine riesige Lagune ganz in der Nähe von Valencia mit einer unglaublichen Menge an Wasservögeln.

„Um die Lagune herum wird Reis angebaut", erklärte uns Javi auf dem kleinen Boot mitten im Paradies. „Hier wird sozusagen die Paella geboren."

Als ich wieder im Flieger nach Bonn saß, ließ ich die Urlaubswoche in meinem Kopf Revue passieren. Ich verglich die Eindrücke. Wie wäre eine Hochzeit in Deutschland für mich gewesen? Wie wäre mir ein Ausflug wie der nach Valencia in einer vergleichbaren deutschen Stadt vorgekommen?

Ich merkte, dass sich zwei Gedanken immer stärker herausbildeten.

Spanien war wunderschön und ich mochte die Menschen dort. Das war der eine Gedanke.

Der andere Gedanke war, dass ich mir dort immer auf die eine oder andere Art wie ein Tourist im Urlaub vorkam.

69

„Das ist ja witzig, dass die uns nebeneinander gesetzt haben", lachte mich Udo an. „Eigentlich hätten die das am Vornamen merken müssen, oder?"

Mir war es beim Check-In gleich komisch vorgekommen, als mir gesagt wurde, meine Frau hätte schon eingecheckt. Offenbar hatten die Damen hinter dem Schalter gedacht, dass wir wegen des gleichen Nachnamens ein Ehepaar wären. Mir sollte es recht sein. Ich hatte merklich Spaß mit Udo, der für einen Wochenendtrip alleine nach Barcelona flog. Die Ablenkung konnte ich nach meinen düsteren Gedanken der letzten Wochen wirklich gebrauchen.

Ich wusste immer noch nicht wie es mit meinem Leben in Spanien weitergehen sollte.

Wir hatten mittlerweile schon einige Bier getrunken. Da krachte es und leuchtete draußen kurz auf.

Vor Schreck fiel mir fast das Bier aus der Hand.

„Was war das denn?", fragte ich geschockt.

„Keine Ahnung. Hoffentlich nicht der Motor." Udo schaute noch ängstlicher als ich. Klar, er war ja auch nicht jede Woche mit dem Flieger unterwegs.

Nach kurzer Zeit kam die Auflösung durch den Piloten. Ein Blitz hatte uns getroffen. Das sei aber nichts Außergewöhnliches. Nun würden kurz die Instrumente geprüft und dann wären wir auch bald bereit zur Landung.

„Die haben Nerven", murmelte ich.

Ich ahnte in diesem Moment, dass die Landung bestimmt ziemlich unruhig werden würde, wenn hier ein solches Gewitter tobte. Das wäre normalerweise nicht so schlimm, aber mit dem ganzen Bier im Bauch war ich mir da nicht so sicher.

„Dieses Wackeln, ich glaube das war mein letzter Flug für lange Zeit."

Ich konnte Udo voll verstehen. Wir kämpften beide mit der Übelkeit. Dass es so schlimm war kam zwar nicht oft vor, aber wenn doch dann war das mehr als unangenehm. Auch ohne Bier. In wenigen Sekunden würden wir landen und wären erlöst. Ich nickte Udo aufmunternd zu.

Ich wurde in den Sitz gepresst. Die Turbinen heulten auf und wir merkten, wie es steil nach oben ging. Instinktartig hatten wir beide die Spuktüten in der Hand.

„Wegen einer starken Böe mussten wir, wie Sie

sicherlich gemerkt haben, noch einmal durchstarten. Wir werden jetzt eine Schleife drehen und dann erneut mit dem Landeanflug beginnen", kam die trockene Erklärung durch die Lautsprecher.

Udo und ich schauten mit blassen Gesichtern nach vorne, die Spuktüten für den jederzeitigen Einsatz in den Händen.

Nachdem sich mein Magen beruhigt hatte und ich in der Taxischlange stand, fragte ich mich ob das ein Zeichen gewesen sein sollte. Ein Zeichen endlich mit dem Reisen aufzuhören.

70

„Und in vier Wochen ist es dann soweit", beendete Luise ihre Offenbarung.

„Daran hatte ich gar nicht mehr gedacht, dass ihr dieses Jahr ja wieder nach Deutschland zurück müsst", sagte ich leicht geschockt.

Nach dem schrecklichen Heimflug gestern hatten wir uns heute mit Luise und Klaus bei uns getroffen, um gemeinsam zu kochen. Also genauer gesagt damit Maite mit Luise kochen konnte, während ich mit Klaus ein paar Bier trank.

„Dann sehe ich euch ja nur noch zweimal?", fragte ich.

Da war wieder der Fluch dieses zweiwöchigen Rhythmus.

„Einmal", korrigierte Klaus. „Wir sind an dem Freitag schon unterwegs, wenn du wieder kommst."

Ich beschloss, dass nur eine ausreichende Menge Bier diesen Abend noch retten konnte.

Der nächste Tag begann spät. Mein Kopf dröhnte noch und mein Magen hatte jetzt immerhin zwei Tage in Folge Schwerstarbeit geleistet. Ich war mit Maite in den großen Ciutadella Park gegangen, um ein wenig Ruhe und frische Luft zu kriegen. Während wir dort liefen signalisierte mir mein überempfindlicher Kopf, dass es auch hier nicht richtig ruhig war. Egal wo wir waren, wir konnten immer den Autoverkehr hören. Diese Großstadt schwieg nie.

In meinem Kopf kam gerade alles zusammen.

Dieses unnormale Leben das weder in Spanien noch in Deutschland richtig stattfand. Meine letzten richtigen sozialen Kontakte in Form von Klaus und Luise, die mich jetzt auch noch verließen. Maite, die ich nur noch vier Tage im Monat sah und die mir immer fremder vorkam. Der Reisestress. Ja sogar das saftige Grün und die Ruhe, die mir hier fehlten.

Das alles kam zusammen. Einfach alles.

Ich konnte nicht mehr.

„Wir müssen mal reden", sagte ich mit trauriger Stimme zu Maite.

Sie schaute mich an, als ob sie wusste was jetzt

kommen würde.

71

Diesmal gab es kein Zurück.

Unter so noch nie gekanntem inneren Schmerz kamen Maite und ich zu dem Ergebnis, dass es wirklich nicht so weitergehen konnte. Die Konsequenzen waren fatal.

„Willst du denn etwas von der Wohnungseinrichtung mitnehmen?", fragte Maite.

„Das lohnt sich nicht. Der Transport wäre ja teurer als alles neu zu kaufen."

„Und das Auto?"

„Kann auch hier bleiben. Ich weiß noch nicht ob ich in Deutschland überhaupt eins brauche."

Sie nickte.

Wir hatten uns wieder gefangen. Immerhin hatten wir seit unserer Entscheidung zwei Wochen Zeit gehabt, um uns an diesen unerträglichen Gedanken zu gewöhnen. Das hieß natürlich nicht, dass es uns jetzt besonders gut ginge. Eher das Gegenteil.

„Dann war es das also? Du machst noch deinen schon gebuchten Flug nächstes Wochenende und dann sehen wir uns erstmal nicht mehr?"

„Ja." Ich konnte das noch gar nicht fassen was hier gerade passierte. Wie gemein konnte das Leben eigentlich zu zwei Menschen sein?

Dieses Wochenende verbrachten wir mit dem Abarbeiten von Listen. Was wäre alles zu tun? Welche Sachen musste ich unbedingt mitnehmen?

Die Ablenkung tat gut.

72

Es war Freitagabend und mein letztes Wochenende in Barcelona.

Wie in Trance ging ich die letzten Meter zu unserer noch gemeinsamen Wohnung.

Maite und ich hatten in der Woche telefoniert und beschlossen, dass wir uns diesen Schmerz nicht antun wollten. Sie war dieses Wochenende zu ihren Eltern gefahren, damit ich in Ruhe meine letzten Sachen zusammen packen und Abschied von diesem Leben nehmen konnte. Auf dem Wohnzimmertisch hatte sie mir eine kleine Nachricht hinterlassen: „Der Kühlschrank ist voll. Bis bald, ich liebe dich! Maite". Dem Papier war gut anzusehen, dass es beim Schreiben der Nachricht feucht geworden war.

Es war alles so schrecklich.

Ich würde morgen mit dem Packen anfangen. Jetzt setzte ich mich mit einem Bier auf die Terrasse und schaute auf das dunkle Meer. Ich hatte keinen

Hunger. Nach einer Stunde konnte ich nicht mehr und ging ins Bett.

Den nächsten Tag ließ ich bewusst langsam anfangen. Das Schlimmste was ich mir antun könnte wäre zu viel Zeit zum Nachdenken zu haben. Erst kurz vor dem Mittag beendete ich mein Frühstück und fing ganz langsam an meine letzten Sachen im mitgebrachten Extrakoffer zu verstauen. Nicht zu viel denken, das war jetzt wichtig.

Gegen späten Nachmittag fiel mir nichts mehr ein was ich noch tun konnte. Also beschloss ich nochmal durch unsere alte Gegend zu laufen.

Es war kein bewusstes Wahrnehmen mehr. Ich war zu stark in Gedanken. Meine Augen waren immer mit einem Tränenfilm überzogen.

Schließlich ging ich in eines der Restaurants, in denen wir immer gegessen hatten. Etwas Schmerz musste zur Verarbeitung dazugehören.

Die Kellnerin erkannte mich.

„Alles in Ordnung?", fragte sie nichts wissend.

„Ja, alles okay", log ich sie an.

Ich aß mein letztes Menú del Día und schaute dabei wie es über dem Meer zu dämmern anfing. Ich würde mich wieder daran gewöhnen müssen alleine zu essen.

Gegen 22 Uhr lag ich wieder im Bett.

Der letzte Tag sollte der härteste werden. Bei allem was ich tat war dieses schreckliche Gefühl dabei. Dieses Gefühl, dass alles das letzte Mal passierte.

Das letzte Mal aus diesem Bett aufstehen, in dem ich es immer so genossen hatte auf das Meer blicken zu können.

Das letzte Mal in unserer Dusche stehen.

Das letzte Mal an unserem Esstisch frühstücken.

Das letzte Mal durch unser Wohnviertel und runter zum Strand gehen.

Das letzte Mal die Tür abschließen und dabei zum ersten Mal den Schlüssel in den Briefkasten werfen.

Das letzte Mal der Weg zum Flughafen.

Das war es. Tschüss, Maite. Tschüss, Barcelona.

Willkommen, Normalität.

NEUBEGINN

73

Nachdem vier Wochen vergangen waren saß ich alleine in meiner kleinen Bonner Pendlerwohnung. Die Scheidung von Maite war mittlerweile in Spanien auf den Weg gebracht.

Es war nicht viel, was von meinem bisherigen Leben übrig geblieben war.

Alle denen ich davon erzählt hatte konnten verstehen, dass ich wieder ganz nach Deutschland wollte. Keiner von ihnen konnte nachvollziehen, dass Maite und ich uns deshalb trennen mussten.

Vielleicht hatten sie Recht. Ich fühlte mich immer noch miserabel. Zu Maite hatte ich bisher keinen Kontakt gehabt. Wir hatten verabredet uns nicht unnötig zu quälen. Und jetzt direkt weiter den Kontakt halten wäre ein Quälen gewesen.

Jeder von uns sollte eine Chance haben ein Leben ohne den anderen aufzubauen.

Und damit würde ich heute beginnen. Vier Wochen der Lethargie waren wirklich genug. Das Leben sollte ja besser werden und nicht noch schlechter.

Ich setzte mich vor meinen Computer und rief die Seite eines dieser Internetportale auf, auf denen man den richtigen Partner fürs Leben finden konnte.

Ich hatte lange darüber nachgedacht.

Wäre es nicht zu früh dafür, so kurz nach der Trennung von Maite? Die Antwort war nein. Worauf sollte ich warten? Dass ich Maite in zwanzig Jahren ganz vergessen hätte? Das war Blödsinn. Dann konnte ich auch jetzt aktiv werden.

Wäre der Weg über so eine Internetseite überhaupt der Richtige? Die Antwort war ja. Ich hatte keine Lust darauf wieder völlig dem Zufall ausgeliefert zu sein. Ich stand im Arbeitsleben. Wo sollte ich denn im Alltag so viele neue Menschen kennen lernen, dass da zufällig genau die Richtige darunter sein sollte. So viel Zufall gibt es doch gar nicht. Und selbst wenn ich sie treffen würde, hätte sie ja nicht auf der Stirn stehen: „Ich bin Single und du interessierst mich, sprich mich bitte an."

Also legte ich nach bestem Gewissen mein Profil an. Es sollte ja ehrlich sein.

Vor der Veröffentlichung ließ ich Fred und Ulf mit Mari und Elena nochmal drüber schauen, ob sie mich auch so beschreiben würden. Da sollte stehen wer ich bin und nicht wer ich zu sein glaubte.

Genauso beschrieb ich was ich eigentlich suchte. Wie sollte sie sein? Wie wollten wir unsere Freizeit zusammen verbringen?

Auch diesen Teil ließ ich von meinen Hamburger Freunden prüfen. Nur zur Sicherheit. Vielleicht wussten sie bei einigen Charakterzügen ja besser was ich brauchte als ich selbst.

Schließlich drückte ich den Knopf. Ich war online.

74

Nach acht Wochen erhielt ich eine unerwartete Email. Obwohl - war sie wirklich so unerwartet? Wahrscheinlich musste sie irgendwann kommen und ich war froh, dass es so schnell passierte:

„Lieber Jan,

es ist etwas passiert, was ich nie so schnell erwartet hätte. Ich war seit du weg bist jedes Wochenende bei meinen Eltern in Salamanca und habe dort vor zwei Wochen jemanden kennengelernt.

Es ist unglaublich, aber es fühlt sich alles so natürlich an. Vielleicht auch, weil er Spanier ist. Wir können uns alles auf eine so viel bessere Weise sagen als du und ich es jemals konnten.

Ich bitte dich, dass wir weiterhin keinen Kontakt mehr haben. Ich glaube das macht es für dich und mich einfacher und ich muss kein schlechtes Gewissen gegenüber Pablo haben.

Ich wünsche dir alles Gute und eine glückliche Zukunft in deiner Heimat.

Maite"

Es war also alles gut bei ihr. Mir fiel ein Stein vom Herzen. Ich hätte es nicht ertragen, wenn sie lange unglücklich geblieben wäre.

Ich schrieb meine Antwort:

„Liebe Maite,

du glaubst gar nicht wie sehr es mich freut, dass du wieder glücklich sein kannst.

Ich bin zwar noch nicht so weit wie du, trotzdem merke ich mit jedem Tag wie richtig und befreiend die Entscheidung war wieder ganz hier zu leben.

Ich verstehe deinen Wunsch, dass wir keinen Kontakt mehr haben sollten und werde mich daran halten. Ich glaube auch, dass es so das Beste ist.

Trotzdem möchte ich, dass du weißt, dass du dich jederzeit melden kannst.

Ich wünsch dir und Pablo alles Liebe und Gute für die Zukunft. Macht etwas daraus!

Dein Jan"

Als ich auf Senden gedrückt hatte, atmete ich tief durch. Das fühlte sich an wie ein zweiter Schlussstrich.

Um mich abzulenken, loggte ich mich in die Online-Partnerbörse ein. Ich wollte mich nochmal versichern, dass es wirklich irgendwelche Single-Frauen im Umkreis von hundert Kilometern gab die zu mir passen könnten. Mal ganz unabhängig von der Frage, ob sie das auch so sehen würden.

In meinem Posteingang leuchtete eine vielversprechend aussehende Nachricht und wartete darauf
beantwortet zu werden…

ENDE